もはや僕は人間じゃない

I'm not a Human anymore

TSUME KIRIO

爪切男

中央公論新社

目次

装幀　坂野公一（welle design）
写真　Adobe Stock
Shutterstock.com

もはや僕は
人間じゃない

まえがき　ユニクロの怪人

まさかユニクロで号泣する日が来るとは思わなかった。

二〇一一年の夏、六年間同棲《どうせい》した彼女にこっぴどくフラれた私は、暗黒時代と呼ぶにふさわしい陰鬱《いんうつ》な毎日を過ごしていた。

「作家になりたい」という夢を抱き、香川県から上京して八年。ただ日々の生活に追われるだけで、ひとつの作品も書き上げぬまま、気付けばもう三十二歳。こんな口だけ野郎は、彼女に愛想を尽かされて当然である。

それにしても、彼女が私をフった理由が「あなたより面白い人に恋をした」というのはキツかった。しかもその相手がクラブのイケメンＤＪとくれば、「男は見てくれじゃない、中身で勝負だ」のフーテンの寅さんスピリットで生きてきた私のプライドはズタボロだ。だからといって、別れた女を恨んで生きることほど悲しいことはない。完膚《かんぷ》なきまでに叩きのめしてくれたのは、別れ際の彼女の優しさだったと勘違いして生きていこう。

とはいえ、初めて結婚まで考えた女との別れ、その痛手が癒える気配はまったくない。独りぼっちの寂しさから逃れるため、私は自分が暮らす中野《なかの》の街をあてどなく放浪するようになっていった。

私が乗った瞬間にぶっ壊れた公園のブランコ、十回中九回は食い逃げが成功しそうな寂れた喫茶店、彼女が万引き犯に間違われた本屋、沖縄出身の店員が一人もいない沖縄料理屋、寿司を握るのがとにかく遅い寿司屋さん。この街のいたるところに、彼女との甘い記憶が残《のこ》り香《が》のように漂っている。

なんの思い出もない場所を探し求め、あちこち散策した結果、ようやくたどり着いた安らぎの地、それがユニクロだった。お互いに古着好きだった私たちは、ユニクロを利用する機会がめったになかったのだ。

駅前の商店街を入ってすぐのところにある三階建てのユニクロ。最初は清潔感溢れる店内を歩き回るだけでも楽しかったのだが、そのうち暇を持て余すようになる。そこで私は、自分の好みではない服や、普通では考えられないコーディネイトで試着をしてみたり、挙句の果てにはフィッティングルームの中で全裸になり、意味なく体育座りをしたりして遊ぶようになる。ようやく自分だけの秘密基地を見つけた子供のように、私はハシャいでいた。

ユニクロに通い出して一ヶ月、私は突如天啓を得る。

ある日、商品棚の上に乱雑に置き捨てられたTシャツの山が気になった私は、それを綺麗《きれい》に畳み直してから元の場所に戻した。すると、心の中に小さな満足感が生まれたのがわかった。失恋してからというもの、こんな充実した気持ちになるのは久しぶりだ。気を良くした私は、店内をくまなく巡回し、乱れた衣服を発見しては、店員より先に畳み直す行為をひたすら繰り返した。


Tシャツ。

チノパン。

カーディガン。

ネルシャツ。

ジーンズ。

ぽっかりと空いた心の穴をユニクロ製品が優しく埋めていった。


それからというもの、週に五日は店に通い詰め、一心不乱に服を畳み続ける私。その姿はもはや〝ユニクロの怪人〟であった。

だが当然のごとく、店員でもないのに商品を畳む変質者を、従業員はしっかりとマークしていた。

そして〝終わり〟は突然やってきた。

ついに業を煮やしたのか、つじあやのによく似た清楚《せいそ》な女性店員が私のもとに近づいてきた。頭の先からつま先までユニクロ製品でフォーマルに決めた、いかにも仕事ができそうなタイプだ。これは偏見でしかないが、つじあやのによく似た女は普段は優しいけど怒るとヤバいぐらいに怖い。

どうやら年貢《ねんぐ》の納め時か。

ユニクロを私利私欲のために使わせてもらっている償いに、薄手のカーディガンや靴下を大量に買っていたのだが、その想いは届いていなかったようだ。まあ、警察に突き出されるような悪事ではないし、心から謝罪すれば許してもらえるだろうと、私は高を括《くく》っていた。

目の前にやってきた店員は、深々と頭を下げてからこう言った。

「お客様、当社の製品を綺麗に整えていただいているのをいつも拝見しておりました。本当にありがとうございます。一度お礼を言いたかったんです」

不意に浴びせられた感謝の五文字。

「ありがとう」

それはまったく予想だにしていなかった言葉だった。

この店員は嫌味を込めてそう言ったのかもしれないが、それでもいい。

人に感謝されることがこれほど嬉しいなんて、すっかり忘れていた。ああ、そうか、私は誰かに少しだけ優しくしてもらいたかっただけなんだ。

その瞬間、私の目から自然と大粒の涙が溢れ出す。

「いや、僕なんて……すいませんでした！」

私は慌てて店の外に飛び出した。

公衆の面前で泣いてしまった恥ずかしさと、これ以上店員さんたちに迷惑をかけられないという申し訳なさから、私は心の拠《よ》り所《どころ》であったユニクロを卒業することにした。

今までありがとうユニクロ、そしてさようならユニクロ。

鼻水をすすりながら家まで歩いて帰る道すがら、心の底から思った。

「俺はいったい何をやってるんだ……」

二〇一一年夏、私は出口の見えない闇の中にいた。

だが、人生とは面白いもので、そんな私に救いの手を差し伸べる二人の物好きが現れる。

一人は〝新宿二丁目のオカマ〟、そしてもう一人は〝由緒ある寺の坊主〟だった。

一　私、トリケラと申します

人恋しくなるとついつい墓場を訪れてしまうのは、子供の頃からの癖である。

私が三歳になる少し前、二つ年上の兄貴を連れて母は家を出て行った。離婚の原因は教えてもらっていないが、とくに知りたいとも思わない。明らかにしたところで母親が戻ってくるわけでもない。かといって母親のことを恨んだりはしていない。たとえ恨みたくても、顔も声も性格も知らない人のことは恨みようがない。

私の家は、祖父、祖母、父、そして私の四人家族。

一家の大黒柱である親父《おやじ》は、大学時代にアマチュアレスリングの猛者《もさ》としてその名を轟《とどろ》かせたこともある超体育会系思考の持ち主だった。そんな親父は、息子をたくましい男に育てるため、まだ小さい私に強烈なスパルタ教育を施した。

ＤＶすれすれの鉄拳制裁は日常《にちじょう》茶飯事《さはんじ》、泣くことも些細《ささい》なわがままを言うことも許されない地獄の毎日。

夏の蒸し暑い日に、「暑い……」と弱音を吐けば「男が暑い寒いでガタガタ抜かすな！」と頬を張られ、学校のテストで百点を取ったときは「百点は取り続けないと何の意味もないぞ、調子に乗るな」とゲンコツを落とされた。「おやつが欲しい」とおねだりをすれば「ご飯粒を何回も噛むと甘くなってくるから、その甘さをお菓子の代わりにしろ」と言われる始末。魔が差して、親父の財布から百円を盗んだときは「一円の重みをわからせるために一円につき一発殴るぞ」と、本当に百発殴られた。

親父の教育方針は軍隊の新兵訓練にも似た厳しいものだったが、それで私の心が歪《ゆが》んだりすることはなかった。母親がいない影響からか人一倍「愛」に飢えていた私にとって何よりもつらいのは、無視されることだった。どんなに自分の仕事が忙しくても、必ず時間を割《さ》いてマンツーマンで私をしごいてくれた親父。頭など一生撫《な》でてくれなくてもいい。親父の鉄拳にはちゃんと愛がこもっていたのだから。

だが、そうはいっても私もまだ小学生。たまには泣きたい日もある。そんなとき、親父にバレることなく安心して泣ける場所。それが家の近所にある寂れた墓地だった。幽霊の類《たぐい》はとくに怖くなかった。この世に存在するかどうかわからないものよりも、親父のほうが何倍も恐ろしい。

墓石の数は二十基程度、昼間でもどこか薄暗く、私以外にここを根城にしているのは数羽のカラスだけ。墓参り以外の用事で、こんな陰気な場所に来る奴などいるわけがない。この墓地は私だけの楽園なのだ。

生きている人間の前で泣くのは恥ずかしいが、すでに死んでいる人間にならどれだけ醜態を晒《さら》してもかまわない。

「うわぁぁぁぁ！　ぎゃぁぁぁぁぁ！」

まん丸の夕陽が空をオレンジ色に染め上げる頃、静寂を切り裂く子供の叫び声が幾度となく辺りにこだまする。もはやホラー映画のワンシーンだ。


墓地通いにも慣れてきた頃、私は暇つぶしに新しい遊びを発明した。それは死者との対話だ。といっても、霊能力がない私には墓地に眠る人たちの言葉を聞くことができないので、こちらが話し続けるだけの一方通行のコミュニケーションである。

親父や友達の悪口、学校であった楽しいこと、クラスでちょっと気になる女の子について話したり、小林《こばやし》旭《あきら》や尾崎紀世彦《おざききよひこ》といった自分の好きな歌手の歌をアカペラで歌って聞かせたり、時には墓石に抱きついたりなんかして、自分とは縁もゆかりもない死者たちと親交を深めていく。

厳格な父親とうまく会話ができない私にとって、放課後の墓地で死者と語らうこの時間だけが心安まるひとときだった。あまりにも居心地がよすぎて、『ゲゲゲの鬼太郎』のように墓場で運動会をしてしまう恐れもあったが、生きている友達が何人かできたので、私は墓地通いをやめることになった。

そう、あのとき、今まで自分を支えてくれた死者たちに誓ったはずだ。

「みんなの分までしっかり生きるからね！」と。


だが、二〇一一年夏、私はその誓いを破り、また墓地へと戻ってきた。

子供の頃と同じように、心の寂しさを死者との対話で埋める腹積もりだ。

アパート近くの墓地を訪れた私は、墓石に刻まれた「名前」と「享年」から、できるだけ若い女性を探しては声をかけていく。「二十三歳で亡くなった樋口茜《ひぐちあかね》さん、ちょっとお話をしませんか？」という具合だ。要はナンパである。

ただナンパをするのもつまらないので、「名前」と「享年」という限られた情報から、その女性を頭の中で想像して楽しむ。

もし、わがままを言えるなら、ショートカットの幽霊と話がしたい。願いが叶うなら『Ｏｎｌｙ Ｙｏｕ』を歌っていた頃の内田有紀《うちだゆき》ぐらいがベストだ。しかし、考えてみるとショートカットの幽霊をあまり見たことがない。世の中には長い髪の毛の幽霊ばかり溢れている。ショートカットだと健康的に見えて幽霊らしくないからダメなんだろうか。

そんなどうでもいいことを考えているだけで、少しは元気が湧いてきた。この失恋の傷が癒えるまでは、こうしてまた墓地に通い続けるのも悪くない。

「ブブー！　ブブー！　ブブー！」

ズボンのポケットの中で、携帯のアラームがやかましく鳴っている。そろそろ職場に向かわないとまずい。私は墓地を飛び出して職場のある渋谷へと急いだ。


渋谷の円山町《まるやまちょう》の外れにある趣味の悪い黄土色のビル、その七階にあるＷｅｂ制作会社で働き出してもう四年が経つ。

私の主な仕事は、週に一度配信される、音楽、ファッション、グルメなど渋谷のカルチャーをまとめたメルマガの編集作業と、無料エロ動画サイトの運営業務である。

彼女にフラれてからというもの、一人の部屋に帰りたくない私は、自分のキャパを超える仕事を抱えることで残業時間を増やし、二日に一度は職場に泊まり込むハードな日々を送っていた。

誰の目から見ても自暴自棄になっている私を心配した社長に、「社長命令だ。今日は飲みに行くぞ」と夜の街に連れ出されたのは、二〇一一年初秋のことだった。

「失恋した今だからこそ、新しい世界を覗いてみるのもいいんじゃないか」

そう言って社長が案内してくれたのは、新宿二丁目の雑居ビルにある完全会員制のオカマバーだった。会員制だからといって、同じ性的指向の人しか受け入れないわけではなく、私のようなノンケもＯＫ。性別、年齢、職業、国籍を問わず、みんなが和気藹々《わきあいあい》と楽しめる「ＭＩＸバー」の形式を取っているお店だった。

　黒を基調とした落ち着いた店内に、インドのダンスミュージックが大音量で流れている。それほど広い店ではないが、バーカウンターとソファー席が用意されており、カラオケセットも完備、中央部分には小さなイベントステージも設置されていた。いわゆるショーパブの造りに近い。

　この店の常連である社長の計らいで、一番奥にある豪華なソファー席へと案内される。こういう余計なＶＩＰ扱いはなんとも窮屈で仕方がない。

　フカフカのソファーに座らされ、私は大きくため息をひとつ。ようやく気分が落ち着いたところで、改めて店内の様子を観察する。

　バカ殿様のような白塗りメイクに芸者の恰好をしたオカマ、歌手のＫＡＴＳＵＭＩみたいな鮮やかなソバージュヘアのオカマ、お尻を左右に揺らしモンローウォークを決めるバドガールオカマ、思い思いの女装をした夜の蝶、もしくは蛾が手狭な店内にひしめき合っている。それはまるで趣味の悪いサーカス団御一行様といった光景だった。でも私は不思議とこの景色が嫌じゃない。


「失礼致します。本日ご一緒させていただくオカマです。私、〝トリケラ〟と申します」

私たちの席にやってきた赤いチャイナドレスを着た大柄のオカマは、野太い声でそう言って名刺を渡してくる。

「あ、よろしくお願いします」と軽く会釈をしながら、目の前のオカマをちらりと盗み見る。本人申告では年齢は四十二歳だという。私の十個上だ。

一八〇センチはあるであろう上背に、格闘家のような筋骨隆々の体つき。頭にはデビュー当時のSuperflyが着けていたようなヒッピーバンドを巻いている。おそらくオシャレのつもりなのだろうが、どうしてもムエタイ選手の頭飾りにしか見えない。

顔に関しては、逆三角形のシャープな輪郭に、ギョロギョロした目つき。いわゆる爬《は》虫《ちゅう》類《るい》系のイケメンフェイスなのだが、大きく潰れた団子鼻によって顔全体の迫力が増しており、源氏名の通りトリケラトプスによく似た顔をしていた。

店内BGMがフランク永井《ながい》の『有楽町《ゆうらくちょう》で逢いましょう』に変わった。先ほどまでの喧騒が嘘のように、辺りには落ち着いた空気が流れ始める。

「そいつさ、一緒に住んでた女にフラれたばっかりなんだよ。だから優しくしてやって！」という社長の言葉を聞いたトリケラさんは、「元気出さなきゃダメよ」「次の女いきましょ！次！」と、しきりに励ましてくれる。だが私は、苦笑いを浮かべながら梅酒のソーダ割りを口に運ぶだけだった。

すると「あなた、さっきからアタシの話聞いてる？　こういう店だから緊張してる？　それともオカマが苦手なの？」と、トリケラさんはちょっと苛立っている様子を見せた。

その通りだ。実は私には、誰にも話したことのない〝男〟に関する苦い過去がある。本当は墓場まで持っていくつもりだったが、今夜、話してみるのもいいかもしれない。普通の人には話せないけど、この人になら話せる。そんな不思議な安心感がトリケラさんにはあった。

「じゃあ、どこから話そうかな」

あれは今から八年前の夜のことだ。

二　未来につながるフェラチオ

九州の大学を卒業後、就職を諦めて東京で夢を叶えようと決心した二十三歳の私。一旦実家に戻り、アルバイトをして上京資金を作るつもりが、親父との関係が悪化したために見切り発車で上京することになった。

「何のために東京に行くんじゃ？」という親父の質問に私は「作家になるんだ」とは恥ずかしくて答えられなかった。将来のことで毎日親子喧嘩《おやこげんか》をするぐらいなら、とりあえず地元を飛び出してしまいたかった。引っ越し費用だけで貯金は尽き、東京に来た初日から寝る間も惜しんで日雇いバイトに精を出す羽目になったが、親父とひとつ屋根の下で暮らす苦痛に比べたら何倍もマシだった。

事件は、そんな夢と希望に溢れていた二〇〇三年の秋、上京してまだ一週間しか経っていない頃に起きた。

その日、東京の一流企業で働いている大学の先輩たちに呼び出された私は、六本木の懐石料理屋に居た。私の東京進出を祝して先輩たちが企画してくれた歓迎会である。人生で初めて口にする高級しゃぶしゃぶに舌鼓《したつづみ》を打ちながら、「先輩、六本木の夜って勝利者の夜ですね！」と田舎者の私は終始上機嫌であった。

料亭からの帰り道、「ちょっとした度胸試しをしようぜ」と先輩の一人が嫌らしい笑みを浮かべた。

思い返せば、これが地獄への入口だった。

度胸試しのルールは次の通り。六本木の路地裏にたむろする怪しい外国人の客引きに声をかけ、どこまで彼らのあとを付いて行けるかという悪趣味なものだ。

こんな危険な誘い、断固拒否すればいいものを、親父に叩き込まれた体育会系気質が先輩に逆らうことを許さない。それにこういうスリルを味わえるのも東京の醍醐味のひとつだなと喜んでいる自分もいた。

子供の頃からここぞというときのじゃんけんに弱い私は、この日も一人負け。

仕事柄この辺りの地理に詳しいという先輩に連れられ、繁華街をちょっと過ぎたところにある怪しげな路地裏へ。「あいつらだ」と先輩が指差す先に、ベースボールキャップをかぶった大柄の黒人男性二人組がいた。デカい。元ＮＢＡのシャキール・オニールぐらいのデカさだ。

「……じゃ、根性見せてきます」

すぐにでも逃げ出したい気持ちを抑え込み、私は二人組に近づく。楽しく談笑していた彼らが、こちらの姿を確認するとすぐに無言になり、体からただならぬオーラを放ち始める。

「あの……ハロー、ハロー、こんにちは」

震える声で私が挨拶をすると、「アハ？　オニイサン、ナニカホシイモノアルノ？」と、向こうも警戒を解く様子を見せた。近くに来てみてわかったが、どうやら彼らはアメリカの人ではないようだ。

「……イエス、はい、欲しいものがあります。商品を見せてくれませんか？」と身振り手振りを交えて、こちらの意思を伝えると、「ＯＫ、コッチオイデ、オミセニイコウ！」と彼らはビルとビルの隙間の暗闇の中に身を躍らせた。慌てて私もあとを追いかける。人一人通るのがやっとの細い道を、携帯電話の光と通路灯のぼんやりとした灯りを頼りに進んでいく。

よし、もうこの辺りで充分根性は見せただろう。

こっそり回れ右をしようとした瞬間、それに気付いた一人が、私の頭に手を回し、ものすごい力で締め上げてきた。まるで万力で締められているかのような圧力だ。

殺される……。

そう直感した私は「うわ～！　うわ～！」と手足をバタバタさせて暴れまくる。

「Ｏｈ！」という声が聞こえた瞬間、私の腹部に鈍い感触が二度ほど走り、気管が詰まって呼吸ができなくなった。

私を殴ったことでアドレナリンがＭＡＸに達したとみえる二人組は、母国語で何やらまくしたてている。殺し方でも相談しているのだろうか。でも、もうそんなことはどうでもいい。圧倒的な暴力は人から希望も思考もすべて奪ってしまう。あとはできるだけ痛くない殺し方をして欲しいと願うだけだ。

「Ｓｈｕｕ！」

三発目のボディブローで私はその場にガックリとひざまずく。すごい、親父以外の相手には喧嘩で負ける気はしなかったのに。黒人男性の強さはけた違いだ。もう無駄な抵抗は止めよう。静かに両目を閉じて彼らの審判を待つのみだ。

ガチャ……ガチャガチャ……。

何やら耳障りな金属音がする。まさか銃？　恐ろしくなって目を開けた私の顔前に、黒光りする巨大なペニスがあった。

デカい……。

さっきの音はベルトを外している音だったのか。

「Ｈｅｙ！　Ｈｅｙ！」と、己の陰部を露わにした黒人男性が私に声をかけてくる。言葉が通じなくともわかる。「俺のチンコをしゃぶれ！」と言っているのだろう。

首を左右に振って拒絶の意を示すと、それに腹を立てた彼はピシッ、ピシッ、ピシッと私の頬をテンポよく三発張った。

なるほど、さすが黒人男性はビンタのリズムまで軽快だ、なんて思うわけがない。私は瞬時に思考を巡らせ、これからの対応策をシミュレーションする。

同じ人間、話せばわかる。まずは素直に謝ってみようか？

いや、こうなる前なら金でなんとかなったかもしれないが、こいつも陰部をさらけ出してしまった以上は引っ込みがつかないだろう。その気持ちは私にもわかる。

いちかばちか戦ってみるか？

ダメだ、勝てるわけがない。体格に身体能力も違えば、おそらく喧嘩の場数も違う。秒殺だ。

では、一旦しゃぶる素振りを見せてペニスを嚙むのはどうか？

しゃぶるのも嫌なのに嚙むのは大丈夫というのもおかしな話だ。それにそんなことをしたら、逆上したこいつらに殺されてしまう。

……

……

……しゃぶるか。

どうせやるなら真剣にやろう。誠心誠意、心を込めてしゃぶり、できるだけ早くイッてもらおう。男は誰だって一度射精をした後は人に優しくなれる生き物だと私は信じている。

最悪の事態は、ケツを掘られてしまうことだ。これだけは避けたい。そのためにも一人目を早くイカせ、すぐに自分から二人目をしゃぶりにいこう。モタモタしていると、エロ漫画で読んだような「へへへ、じゃあ俺はこっちの穴を頂くぜ」という展開になりかねない。

Aをしゃぶってイカせたら、すぐにBにしゃぶりつく。

Bをしゃぶってイカせたら、すぐにAにしゃぶりつく。

これだ……このループを繰り返せば、いずれ彼らの精子も尽きるだろう。ケツの穴を守るにはこれしかない。

よし、俺はしゃぶる。

これは屈辱でもなんでもない。

攻めるフェラチオだ。

生きるために俺はしゃぶる。

これは未来につながる、明日のためのフェラチオなんだ。

俺はしゃぶる！

俺はしゃぶる！

俺はしゃぶる！

試合前のロッキー・バルボアのように自分を鼓舞し続ける。

覚悟を決めた私は、目の前のペニスの根元あたりに手を添え、改めて彼のブツをまじまじと眺める。本当にデカいな。私のがタコちゃんウインナーだとするならば、これは本場ドイツの極太ソーセージといったところか。そういえば、ＴＶでよく見かけたシャウエッセンのＣＭには久保田利伸《くぼたとしのぶ》が出ていたなぁと、こんな非常事態にどうでもいいことばかり頭をよぎる。

そうだ。親父はいつも言っていた。

「どんなにつらいことの中にも楽しいことは必ずある。人生はそれを見つけて楽しんだもん勝ちだ」

そうだ、これは俺の大好きなシャウエッセンだ。

子供のとき、遠足の弁当に入っていたら飛び上がって喜んだあのシャウエッセンだ。

そう思えばしゃぶれる！

……いざ！

そこから先は無我夢中だったので、ハッキリとは覚えていない。ただ、嫌悪感より好奇心のほうが勝っていて、行為自体はそんなに嫌ではなかったことはうっすらと記憶に残っている。

正確ではないが、おそらく十五分ぐらいはしゃぶったんじゃないだろうか。

「Ｏｈ……」というよがり声と共に黒人男性は果てた。絶頂の瞬間に、両手で頭を強く押さえつけられたので、そのまま口の中に出されてしまった。私は味を感じる前に、急いで口の中の精子を地面にペッと吐き出す。

見たところ、どうやら残りの一人もやる気満々のようだ。

ああ、いいさ。一本しゃぶったんだ。もう何本でもいっしょだろ。諦めにも似た前向きさで、次に備えようとしたとき、誰かがこちらに走ってくる足音が聞こえた。

私の帰りが遅いのを心配した先輩たちが、近くの交番から警官を連れてきてくれたのだ。二人組は蜘蛛《くも》の子を散らすようにその場から逃げ去った。後日、被害届も出したのだが、結局犯人は見つからなかった。

駅までの帰り道、気を遣ってくれたのか、それとも、これでなかったことにしてくれという意味なのかはわからないが、先輩たちから差し出された五万円を私はありがたく受け取った。

上京して一週間でこんな体験をしたら、並の奴なら地元に逃げ帰ってしまいそうなものだが、私は絶対に帰らない。だってこのまま帰ったら、東京にフェラチオだけしに来たことになるじゃないか。それはさすがに悔しすぎる。実家に帰るのはいつだっていい。何が何でも東京で生き抜いて夢を叶えてやる。この五万円はその生活費の足しにする。

と、熱い誓いを立てたはずが、喉元過ぎればなんとやら、結局作品のひとつも書かずに、私はただダラダラと東京で八年も暮らしている。なんとも情けないことだ。

あの六本木の夜が軽いトラウマになって、それ以来、私は男色の人に少しだけ恐怖を感じるようになり、風俗でもプライベートでも、女の子にフェラチオをしてもらうのが苦手になってしまった。行為の途中で黒人男性の気持ちよさそうな顔がフラッシュバックするからだ。

「……以上です」

私の長ったらしい昔話を聞き終えた社長とトリケラさんは、何も言わずにただ黙っていた。沈黙に耐え切れなくなった社長がいつもの軽口を叩き、場のムードを変えようとする。

「おまえ、そのままオカマになってたほうが楽しい人生が待ってたかもなぁ！」

「そうかもしれないですねぇ……」と私が適当に相槌を打つと、突然トリケラさんがキレた。

「つらいことを経験したショックでオカマになる？　そんなことあるわけないだろ！　アタシたちは普通に男が好きなだけなんだよ！」

トリケラさんは目にうっすらと涙をためて本気で怒っているように見えた。

そのあまりの剣幕に押され、私と社長は自分たちの非礼を心から詫びた。

「ちゃんと謝ってくれたからもういいよ。あ、でも一杯ぐらい奢《おご》りなさいよね」と、トリケラさんはケロリとした様子で笑う。

そして私の肩をギュッと抱き寄せてこう言った。

「あんた、すごく前向きでいいオトコ。明日につながるフェラチオか。いいね。アタシみたいなオカマでも、たまにラッキーフェラチオができるんだけどさ。楽しいのはしゃぶってるときだけ。相手がイッたあとは寂しさと絶望しか残らないもんなのよ」

私はただ黙っていることしかできない。

「あと今の話、もっといろんな人にしたほうがいいわね。ところどころ話を盛ってるんだろうけど結構面白かったわ。つらい過去は自分で笑い話に変えるのが一番。でもあんたがあんまり真剣に話してるもんだから、傷つけたら悪いなと思って笑うのを我慢してたのよ！」

「……本当ですか？」

「うん、ホ・ン・ト♪　さ、あんたが元気を出せるように、しっかり踊ってくるからね」

トリケラさんは私にほおずりをして席を立つ。遠ざかっていく大きな背中をずっと見つめていると「な、いいオカマだろ」と社長は満足そうに微笑んだ。

「はい。他の人はわからないけど、あの人のことは全然嫌じゃありません」

私は自分の素直な気持ちを口にした。


自分の苦い過去をさらけ出したことで気持ちが楽になったのか、下戸《げこ》の私にしては今日は珍しく酒が進む。五杯目のハイボールを注文したとき、店内にショータイムの開始を告げるけたたましいブザーが鳴り響いた。その音を合図に「現代に蘇った恐竜」という表現がふさわしい筋骨隆々のオカマたちが次々とステージに飛び出してくる。鮮やかな緑色のドレスにお色直しをしたトリケラさんが私たちにウインクを飛ばす。

「それではダンス……スタート！」と司会が叫ぶと同時に店内の照明がバタンと落ちる。

一瞬の静寂のあと、店内に響き渡る『ソーラン節』のメロディ。

「そいや！」と掛け声を合わせ、ステージ上のオカマたちは一斉に四股《しこ》を踏み「あ、どっこいしょ〜どっこいしょ〜！」と力強く踊り出す。客たちも一緒になって合の手を入れ始め、店内のボルテージは最高潮へ。

狂乱の宴を眺めながら、私は大好きなフェリーニの映画『8 1/2』のエンディング近くに出てくる台詞《セリフ》を思い出していた。

「人生はお祭りだ、一緒に過ごそう」

三　みんなちがって、みんないい

トリケラさんとの運命的な出会いから二週間が経った。私はすでに週二でオカマバーに通い詰める常連客になっていた。この店を紹介してくれた社長よりも、私のほうがハマってしまったわけだ。人恋しくなると足を運んでいた近所の墓地にはもう行く必要がない。このオカマバーこそが私の心のオアシスだ。

指名を重ねるごとに、私たちの距離はゆるやかに近づいていった。トリケラさんのたっての希望で、二人の間では基本的に敬語はＮＧという約束だ。親父ゆずりの馬鹿丁寧な私の敬語を聞いていると虫唾《むしず》が走るらしい。憎まれ口を叩いているようで、こちらが心を開きやすいように導いてくれる。これが本当の優しさなんだろうなと感心する。

オカマバーという新しい世界を知ったことをきっかけに、私は改めてオカマという言葉や、その他のセクシュアルマイノリティ、俗にいう「ＬＧＢＴ」（レズビアン・ゲイ・バイセクシュアル・トランスジェンダー）について自分なりに調べてみた。私見だが、おそらく二〇一一年当時は「ＬＧＢＴ」という言葉は現在ほど世間に浸透していなかったように思う。でもあくまでそれは日本の中ではという話だ。

　無知な私は、「オカマ」という言葉が自虐的表現であり、当事者にこの言葉を投げかけることは侮辱行為に値するということをまったく知らなかった。ＴＶのバラエティ番組や漫画などで一般的に使われているのを目にして、自分も普通に口にしていいと思っていた私は、強い衝撃を受けた。

　では、いったいどういう振る舞いをするのが正解なのか。私は、失礼を承知でトリケラさんに聞いてみることにした。

「いろいろ調べてくれたのは嬉しいけど、おまえ、ちょっと真面目すぎるんじゃない」

「真面目なのかな……」

「だってさ、広い意味ではＬＧＢＴで分類できるのかもしれないけど、そのＬＧＢＴの中でもさらにマイノリティがいるわけさ。もうセクシュアルマトリョーシカよ。キリがないよね」

「……そう言われたらそうかも」

「じゃあどうしたらいいか？　答えは小学生のときにもう習ってんのよ」

「え、小学生のときに？」

「〝みんなちがって、みんないい〟って。金子みすゞの言葉が答え。まったく同じ人間が存在しないように、まったく同じセクシュアリティの人もいないってこと。そうでなくても他人を理解するのなんて絶対無理じゃない？　だからお互いの存在を普通に認め合えばいいだけ」

「理解じゃなくて存在を認めるかぁ」

「おまえ、ＬＧＢＴの定義を暗記しようとかしてたんじゃない？」

図星だった。こういうときのトリケラさんは鋭い。

「受験勉強みたいに丸暗記されても困っちゃうわ。だって当のマイノリティの人たちにも、そういうこと全然わかってない奴もいるからね」

「そうなんだ」

「アタシは別に〝オカマ〟って呼ばれるのは嫌じゃない。なんでもかんでも〝オカマ〟のひとことで済まされてた時代を知ってるからね。今の若い子たちだと、そう言われて悲しむ子もいるんだろうけどね」

「俺、小学生のとき、平気で友達にホモとかオカマとか言ってた」

「でもそういうとこで変にハードルを上げると、ノンケの人がビビっちゃいそうよね。だからうちの店はあえて〝オカマバー〟って堂々と看板に書いてるの。あんたもそこまで神経質にならずに、呼びたいときは〝オカマ〟って言っていいわよ。それに……」

「それに？」

「アタシはアタシ。ホモ、ゲイ、オカマとかどうでもいい。ただ男のことが好きなトリケラさんとして普通に接してくれたら嬉しいかもね。外国ではよくLGBTの人が派手な恰好をしてパレードしたりするんだけど、あんなことしなくても普通に認めてもらえる世の中が来て欲しいわね」

「わかった。普通に接するよ」

「あんたって本当に根が真面目ね、こういう難しい話はもっとインテリ指向のゲイにでもして欲しいわ」

「そういう言い方も良くないいんじゃないの？」

「うるせえな、細かいことをぐちぐちと、このフェラチオマンが」

「さすがに言いすぎだろ」

「その割には、言われて嬉しそうな顔してんじゃん。この変態が」

そう、私はトリケラさんになら何を言われてもいい。

〝フェラチオマン〟なんて下品なものでも、こんな私に名前を付けてくれたことが嬉しい。

〝アイアンマン〟や〝バットマン〟や〝スーパーマン〟がそうであるように、〝フェラチオマン〟は世界に私一人しかいないのだ。

映画『アイアンマン』のラストのように、私はつぶやく。

「アイアム……フェラチオマン」

どうやら聞こえていないようなので、さっきより大きめの声でもう一度。

「アイアムフェラチオマン！」

「うるせえバカ！　殺すぞ！」

間髪入れずに飛んでくるトリケラさんの野太い声。

ああ、今日も良い夜だ。

四　湧き水飲みすぎですよ

「神社か寺に行け」

　十月のある夜、突然トリケラさんに命令された。

　トリケラさん曰《いわ》く、なんでも医療の世界に「セカンドオピニオン」という考え方があるらしい。患者にとって今の治療が最善のものなのかを判断するために、主治医とは別の医師の意見を聞くこと。主治医を変えるという意味ではない。第三者の意見を参考にして治療法の選択肢が増えたり、今の診断に間違いがないことを再確認できたりと良いことずくめらしい。

　しかし、なぜ私にそんなものが必要なのか。確かに体重は九〇キロを超え、平均体重を大幅にオーバーした心配な体型ではあるが、現状で身体に悪いところは皆無。実に健康な三十二歳の成年男性である。

　最近、白湯《さゆ》にハマって、勤務中も白湯ばかり飲んでいるトリケラさんにその理由を問いただす。

「お店に来てくれるのは嬉しいんだけど、最近ここを頼りすぎじゃない？　いきなりこの店が無くなっても大丈夫？　人間には心の拠り所が何個あったっていいのよ」

「それで神社かお寺？　俺、無宗教だよ」

「バカだなおまえは。成功している人はみんな神社とか寺に通ってんだよ。特別な信仰心がなくても大丈夫だから行ってごらん。きっといいことあるから」

「トリケラさんも行きつけの場所とかあるの？」

「あるにはあるわよ。ちょっとわけありで遠い所にあるんだけど」

「わけありって？」

「実はアタシの家って源氏《げんじ》の血を引いてるの。頼朝《よりとも》とか義経《よしつね》のアレ。だから源氏にゆかりのあるお寺に通ってるのよ」

「源氏の血を引くオカマ……」

「そ、源《みなもとの》トリケラとお呼びなさい」


　次の日の早朝、ちょうど仕事が休みだったので、私は近所のお寺に行ってみることにした。もう五年ほどこの街に住んでいるが、こうして足を運ぶのは初めてだ。無宗教の家に生まれ、〝神〟や〝仏〟よりも、我が家の絶対君主である〝父〟を信じるように育てられてきた私にとって、お参りに行くという行為自体がとても新鮮だ。なんせ七五三のような節目のお祝いもしてもらえなかったし、初詣《はつもうで》にすらめったに行かない家だったのだから。

病気平癒《へいゆ》、除病、健康にご利益があるという由緒正しきお寺。入口には綺麗な提灯《ちょうちん》を掲げた立派な山門が待ち構えている。インターネットで調べた作法にのっとり、山門の前で合掌して一礼。敷居を踏まないように右足から境内《けいだい》へ。手水舎《ちょうずや》で手と口を清め、大きく背伸びをして境内を見回す。早朝にもかかわらず、多数の参拝客が見受けられる。本堂に参拝を済ませたあと、境内の隅にある水飲み場で湧き水をガブ飲み。何でもこれは万病に効く奇跡の水らしい。良い、まったく美味しくないのが逆に良い。どうせ独りぼっちの人生、しばらくはこの怪しい水を飲んで楽しく暮らしてみようじゃないか。

その日から、毎朝早起きをしてそのお寺に通うのが日課になった。一日の始まりが〝祈り〟から始まるのは、何だか身が引き締まる思いがする。

朝はお寺に行き、夜はオカマバーに通う。そんなおかしな生活を一ヶ月ほど続けた頃、お寺の境内を掃除していた中肉中背のお坊さんが突然声をかけてきた。

頭はつるっパゲ、アンパンマンのような大きな丸顔、目鼻立ちがクッキリしており、芸能人で言えば的場浩司《まとばこうじ》という感じの多少強面《こわもて》の顔。ただ、なにぶん顔のパーツが中央部分に寄りすぎているので、『ドラゴンクエスト』に出てくるモンスター〝ばくだんいわ〟によく似ている。ん、この人、どっかで見かけたことがある。どこだっけな……。私がお坊さんの顔に妙な既視感を覚えているのも知らず、ばくだんいわはしゃべり出す。

「あの、ここ最近熱心にお参りされておりますよね？」

「そうですね。歩いて通える場所に住んでるもんで」

「あまりお見受けしないお顔ですけど、最近引っ越してこられたんですか？」

「もう五年も住んでるんですけどね。ちょっとお寺に通ってみようかなって思って」

「それは結構なことでございますね」

「暇なだけですよ。僕はもともとそんなに信心深い人間ではないので」

「それでも毎日はすごいですよ」

　初対面の坊主とここまでペラペラしゃべっている自分に驚く。早朝に誰かと話すことなんてないから、ちょっと興奮しているのかもしれない。

「実はあなたのことは以前からよく見ていたんですよ」

　坊主の思わぬひとことに私は目をパチクリする。やっぱりどこかで会ったことがあるのか？

「え、それは何でですか？」

「あそこに湧き水がございますよね。万病に効く湧き水。〝ご自由にお飲みください〟と看板を出してます」

「はい、毎日飲んでます」

「あの水をあなたほどたくさん飲んでる人って珍しいんです。いつもガブガブ飲んでらっしゃるでしょ。見ていてたいへん興味深くて、一度話してみたかったのです」

「なんか……すみません」

「いえ、これからもお好きなだけどうぞ。でも何か悩みを抱えているのでしたら、私がお聞きしますよ。申し遅れましたが、私、ここの住職をしております」

別れた彼女のことをまだ引きずってはいるが、トリケラさんに出会ったおかげで、悲しくて眠れないような夜はなくなった。私はもう大丈夫。でも、寺の住職と仲良くなるチャンスなんてそうそうあるもんじゃない。せっかくだから何か相談してみよう。

「ありがとうございます。じゃあ早速いいですか？」

「はい、皆様の話を聞くのは私自身の修行にもなりますので……」

「自分の人生を振り返ると、貧乏とか失恋ばかりで……人生って苦しいことのほうが多くないですか？」

「その通りです！　仏教の教えでは、人の一生は〝苦しい〟が基本となっているんですよ」

「え、人生って素晴らしい、ではないんですか」

「人生は思い通りにならない。頑張ったからといって必ず報われるわけではない。この世に永遠なるものは存在しない。〝諸行無常〟というやつです。人生はそれぐらいのもんなんだと考えれば、生きるのが少し楽になるかもしれません」

一聴するとネガティブな言葉の連続なのに、「努力、友情、勝利」のような、前向きな言葉よりも胸に響くものがあった。確かに人生ってそういうもんだよな。DJに彼女を寝取られたつらさも、私が黒人男性のチンコをしゃぶった事件もすべて〝諸行無常〟のひとことで済ませれば、幾分か心も楽になる。いや、あのフェラチオをひとことで済ませていいのか？

「仏教の考え方って面白いですね。またお話聞かせてくれますか？」

「はい、いつでもどうぞ」

私は礼を言って、お寺をあとにする。

あれだけわずかな時間で、心をこれほど軽くしてくれるなんて。仏教の教えの尊さと、住職の会話力の高さに脱帽だった。

その日、思ったより早く仕事が終わった私は、オカマバーが開店するまでの空き時間を使ってパチンコを打つことにした。そこまでよくやるわけではないが、ちょっとした時間つぶしには最適だ。

商店街の脇道を入ったところにあるパチンコ屋。昭和の香りを若干残した店内の雰囲気と、店員のだらしない態度が私のお気に入りだ。パチンコ屋に最上級のサービスなどいらない。ガムを噛みながらでいい。気に入らないことがあったら舌打ちするぐらいの接客が丁度いい。

今日はどの台で打とうかな。お、新台の『CR地獄少女』がちょうど一席空いた。素早くその席に滑り込んだ私は、右隣に座る男性を見て、声に出さずに「あ！」の口の形をした。

今朝お世話になった住職じゃないか。

やっと思い出した。この人、パチンコ屋でよく見かける顔だった。

朝のあのにこやかな表情はどこへやら、ゆでダコのように顔を真っ赤にして、鬼の形相でパチンコ台を睨みつけている住職。

「全然当たらん！　赤保留で三回外すとかありえん！　遠隔決定！」

一通りの暴言をわめき散らした後、私の視線に気付いた住職もこちらを見て「あ！」の口の形をする。

恋人同士のように、しばらく無言で見つめ合う二人。やがて、バツが悪そうに住職は笑う。私は「パチンコも人生も苦しいですねぇ、諸行無常ですねぇ」と、ここぞとばかりに嫌味を言い放つ。

困った。パチンコはそこまで好きじゃなかったのに、こんなヤバい坊主と一緒にパチンコを打つ面白さにはハマってしまいそうだ。

五　死にたい二人のライディーン

「アタシ、毎年クリスマスが近づくと死にたくなるの。知ってる？　クリスマスに自殺するオカマって多いのよ」

　オカマにかぎった話ではなく、クリスマスが近づくと自殺者が増えるというのは、結構昔から噂されてきた都市伝説である。だが、私の記憶が確かなら、統計的にそれを証明するデータは存在していない。

　悪趣味な冗談だと思い、話半分に受け流していたのだが、十二月に入ってからというもの、当日欠勤、遅刻、早退など、勤怠が乱れ始めたトリケラさん。接客中に虚空を見つめたまま金縛りにかかったかのように動かなくなるなど、数々の奇行も目立つようになってきた。

　不安に思った私は、週五の頻度で店に通い詰め、トリケラさんの話し相手を務めていた。

「いっちょまえに心配してくれてんのね。ありがと」と礼を言うトリケラさん。この素直な態度も気持ち悪い。いつもの憎まれ口はどこにいった。まさか、本当にクリスマスまでに死んでしまうのか？

トリケラさんのことは心配だが、私自身はちょっと救われた部分もある。二〇一一年のクリスマスは、六年ぶりに経験する〝独りぼっちのクリスマス〟だったのだ。隣でいつも微笑んでいた彼女はもういない。おそらく今年は、新しい彼氏であるイケメンDJが編集した「クリスマスＭＩＸ」でも聴きながら、こたつでぬくぬくと一緒に過ごすのだろう。そんなことを想像すると憂鬱になるが、今の私には、何を犠牲にしてもやらねばならぬことがある。

それは「トリケラさんの自殺を防ぐ」という重大ミッションだ。

ところが、思いもよらぬ出来事が起きてしまう。

元カノが、新しい彼氏と一緒に中野に帰ってきたのだ。しかも私と同じ生活圏内で同棲を始めるのだという。よく使うコンビニもコインランドリーもＴＳＵＴＡＹＡも家から一番近い松屋に最寄駅まで全部同じという最悪のご近所さんの誕生である。

偶然コンビニで出くわしたとき、彼女の口からその衝撃の事実を知らされた私は「フラれたほうの気持ちも考えろよ！」と珍しく激昂した。すると「だって、私、住みやすいこの街が大好きなんだもん！」と彼女は悪気なく微笑んだ。

そうだ、私はこいつのこういうバカなところが大好きだった。

これ以上話を続けると「ヨリを戻してくれ」と泣きついてしまいそうだ。ここは無理にでもカッコつけるのが男ってもんだ。私は「ほら、少ないけど引っ越し祝い」と、彼女の手に一万円札を握らせ、後ろを振り向かずにその場を立ち去った。


「あぁぁぁっ！　もう俺はダメだ！　死にたい！　あぁぁぁっ！」

あれだけ「トリケラさんを守る」と誓ったはずなのに、突然の元カノ登場によりメンタルが崩壊してしまった私は、いつものようにオカマバーに救いを求めてやってきた。

月に一度のコスプレデーということで、トリケラさんはショッキングピンクの派手なレオタードを身にまとい、背中には天使の羽根を着けている。本人曰く、『ビックリマン』の十字架天使のコスプレらしい。こっちが真面目な話をしたいときにかぎって、この人はふざけた恰好をしていることが多い。

「ま、あったかいものでも飲みましょ」と、お手製のホットジンジャードリンクを作ってくれるトリケラさん。私の気分が落ち着いてきたところで、トリケラさんが少し気だるそうな雰囲気で話し出す。

「アタシ、母親と同居してるのね。二人暮らし。もう家族っていってもお母さんしかいないわけ。八十過ぎてるから歯はボロボロの足腰ガタガタ。ほとんど寝たきりの年金暮らしのお婆ちゃんなんだけどさ」

トリケラさんが自分の家族について話すなんて珍しい。これはさすがに茶化せない。私は椅子に座り直し、話を聞く姿勢を整える。

「母親のこと嫌いじゃないけど、早く死んでくれないかなって、たまに思っちゃう。自分がオカマだってこと言ってなくてさ。アタシ四十二歳で独身だけど、自分が男が好きだってていうのはバレてないはずなのね」

「うん」

「ということは、もしアタシが母親より先に死んだら、アタシは〝男〟として葬られるわけ。それが本当に嫌なの！　生きてる間もずっと肩身の狭い思いしてるのにさ、死ぬときぐらいありのままの自分で死にたいじゃない」

「それは……そうだね、いや、そうなのかな」

「だから、アタシは絶対に母親より長生きしなきゃ。それで死んだときはさ、友達に頼んで、一番のお気に入りのピンクのナース服を死に装束にするのよ」

「それでいいの？　本当に？」

「だって笑えるでしょ」

「まあね」

「でも……、やっぱり母親が好きだから長生きして欲しい。アタシがオカマに生まれたから、早く死んでくれたらとか親不孝なことをついつい思っちゃう。それがつらくてね。どうしようもないのにね」

かける言葉が見つからない。

「クリスマスに自殺したくなるって言ったのは、十二月二十五日がアタシの誕生日だからなの。オカマはね、自分がこの世に生を享《う》けた日に一番死にたくなるのよ。誕生日なんて忘れたいのに、クリスマスなんかに生まれたら嫌でも覚えちゃうわ」

うつむいたまま押し黙っている私を見て、「どうだ、オカマの人生、なかなかヘビーだろ」とトリケラさんはケラケラと笑い出す。

「お願いだから、十字架天使の恰好で笑えない話をするのはやめてくれ」

私はそれぐらいしか言い返せなかった。

クリスマス間近の閑散とした寺の境内、私と住職は本堂の脇にあるベンチに腰掛けている。パチンコ屋での一件以来、私たちはすっかり意気投合してしまった。

五十五歳になる住職は自他ともに認めるパチンコ好き。日々のお勤めはちゃんとこなし、奥さんとの夫婦生活にも支障をきたさない程度に嗜《たしな》んでいるんだと本人は熱弁する。宗派は大きく分ければ真言宗。有名な弘法大師《こうぼうだいし》空海《くうかい》が開いた宗派である。寺院の運営業務に加え、通夜、法事、説法会と忙しい毎日の合間を縫ってパチンコ屋に通う住職は立派な〝パチンコ中毒者〟だと私は診断する。

お寺で会うときは「住職」、パチンコ屋で遭遇したときは「パチンコ仲間」として、私は住職に接するように心がけていた。『釣りバカ日誌』のハマちゃんとスーさんによく似た関係性である。

今日は住職に、「死」について教えを請いに来た。いつになく真面目モードの私だ。トリケラさんが自殺なんてほのめかすもんだから、改めて「死」について深く考えてみたくなったのだ。

「あなたは死後の世界はあると思いますか?」と住職は問う。

「あって欲しいですね。ないと寂しいというか、つまんないというか」

「質問を変えます。人間は肉体が滅んだら終わりだと思いますか?」

「死んでも魂が残るんじゃないかなあ」

「そうですね。肉体が滅んでも残るもの、その魂こそが自分自身じゃないかと私は思います」

魂と聞いて、私はトリケラさんのことを思った。

「アタシ、体はアレだけど、心はどの女にも負けないほど綺麗よ。心美人って呼んで」トリケラさんが自虐的によく言っている言葉だ。

心って何なんだ。「あなたの心が好きだ」って私が言ったらトリケラさんは本当に嬉しいのだろうか。心も体も好きになってもらわないと意味がないんじゃないか。そもそも人を好きになることの意味も今の私にはわからない。

「実はお釈迦《しゃか》さまは、死後の世界のことを何も話していないんですよ」

「え、何も？」

「弟子から死後の世界の有無を聞かれたときに、あえて何も答えなかったんです」

「悟りを開いたお釈迦さまでもわからないことがあるんですか？」

「いえ、お釈迦さまはすべてを見通しています。わかっているからこそあえて教えない。簡単に答えを教えてしまうとみんな努力をしなくなるでしょう？」

「それは確かに」

「死後の世界の情報をいくらかき集めてみても、どれが正解かわからず、結局死への不安は解消しません。それならば〝わからない〟と認めることです。いや、〝わからないことをわかれ〟ということです」

すごく良い言葉だと思うのだが、昔、木《き》村《むら》祐《ゆう》一《いち》が大喜利ですべった後に「わからないことをわかれ！」と、釈迦と似たようなことを言ってた記憶があるので、微妙なところである。

「わからないことを考えても仕方ない。それなら今を生きるしかない。ただ人生は基本苦しいものだから、それを生き抜く方法を諭《さと》しているのが釈迦の教えなのです」

「じゃあ、死んだあとのことは……」

「乱暴に言うなら〝知らん〟ですかね。人は死ぬときは死にます。理屈じゃありません」

「そこまで言い切ってもらったほうが楽ですね」

「あと、あなたが仲良くしているトリケラさんですかね。そういう人たちと接する上で、とても良い言葉があります。それは〝天上天下唯我独尊《てんじょうてんげゆいがどくそん》〟です」

「地元のヤンキーがよく使ってましたね。特攻服とかカバンにカッティングしてたなあ」

「この言葉の意味は、『人間はみんなたった一人の人間としてこの世に生まれる。それだけで尊い。地位や名誉や見てくれや能力に関係なく平等に尊い』ということです」

「じゃあヤンキーは、あんな怖い恰好して『みんな平等だ！』って言ってたんですね」

「ちょっと面白くなりますね」

「住職って、こんな風にちゃんとした説法をしてくれるのに、ご自分はパチンコをやめられないんですか？」

「ほら、あなたの周りにもいるでしょ。友達の恋愛相談にはちゃんとしたアドバイスができるのに、自分はダメな恋愛ばっかりしてる人。それと同じです」

「とてもわかりやすいたとえですね」

今日も住職のお言葉で、沈んでいた私の心に一筋の光が差し込んだ。では仏教を信じるかといえば、それはまた別の問題なのだが。ひとつ確かなことは、こんな良い話をしてくれた翌日、パチンコ屋の開店前の行列で、私たちは再会することだ。


そして二〇一一年十二月二十五日の鐘が鳴る。

六年ぶりに独りぼっちで迎えるクリスマス。トリケラさんの誕生日がやってきた。散々迷った挙句、私は今日もオカマバーに顔を出すことにした。人間死ぬときは死ぬ。もしトリケラさんが死んでいたらそれはそのとき考えよう。私はただクリスマスという日にトリケラさんに会いたいだけだ。

「いらっじゃいませ～ん♪」

路地裏の細道を抜け、オカマバーの正面に出ると、両肩をベロンと出したサンタの衣装に身を包み、オカマたちが、寒さに負けずに客引きに励んでいる。その群れの真ん中にトリケラさんはいた。デカい体をクネクネとくねらせて街ゆく人々に愛嬌を振りまいている。

私のお気に入りのオカマは今日も元気に生きていた。

店内に入った私たちは、いつものカウンター席に座り、クリスマスらしくシャンパンで乾杯をする。

「生きててよかった」

「当たり前でしょ。結局、人間は死ぬまで生きるしかないの」

「今日、家を出てすぐさ、元カノとその彼氏とバッタリ会っちゃったよ」

「ワオ♪　聖なる修羅場？」

「いや、普通にメリークリスマスって言ったよ。俺も大人になったなぁ」

「へぇ、やるじゃん」

「そんな俺からの誕生日プレゼント。はい」

「でっかい箱！　何これ？」

「前に欲しいって言ってたショルダーキーボードだよ。ヤフオクで買った。小室《こむろ》が使ってたのは高くて買えないから安物になったけど」

「あら、嬉しいじゃない。じゃあ一曲弾いてあげるわね。あと、アタシは小室よりも浅倉《あさくら》の大《だい》ちゃんのほうがタイプなのよ！」

　そう言ってトリケラさんが弾いてくれたのは、坂本龍一《さかもとりゅういち》の『戦場のメリークリスマス』だった。あまりにもベタすぎる選曲だが、クリスマスはベタな演出が一番胸にくる一日だ。

　一曲弾き終えて、私のもとに戻ってきたトリケラさんは、「ね。ＹＭＯの三人だったら誰にイク？　アタシはユ・キ・ヒ・ロ♪　あの機械みたいに正確なリズムキープでアタシの乳首を弾いて欲しいわ♪」とウインクする。

　聖なる夜に交わされるいつも通りの下品な会話。人間、死ぬときはあっけなく死んでしまう。でも今日だけは目の前のオカマに感謝をしたい。生きてくれてありがとうと。そんな私の気持ちを無視するかのように、トリケラさんは本日二曲目の『ライディーン』を弾き始める。

　このオカマ、どうやら昔、テクノをかじったことがあるようだ。

六　おまえも俺も日本代表だ

モグモグ……ケホッケホッ。

豚めしを勢いよくかきこんだ女の子がかわいい咳払いをしたのと同時に、渋谷のスクランブル交差点から、新年を祝う人々の歓声が聞こえてきた。それが二〇一二年の始まりだった。

一時間ほど前のこと、仕事の都合で大晦日《おおみそか》も会社に泊まり込んでいた私は、せめて年越しの瞬間ぐらいは外でと思い、お祭りムード全開の渋谷の街に繰り出した。年越し蕎麦《そば》でも食おうかと富士そばに向かうと、なんと閉まっている。そうだ、富士そばは年末年始は営業しないんだった。完全に蕎麦を食べる口になっていた私が途方に暮れていると、普段、この富士そばの前で男をひっかけている韓国人女性がやってきた。

「はぁ〜！　お〜？」

店が閉まっているのを確認するや、大声でわめき散らす彼女。女子プロレスラーの紅夜叉《くれないやしゃ》にそっくりの金髪ヤンキースタイルのバリバリ姉ちゃんだ。

「飯奢ろうか?」

自分でも驚くほど自然に声をかけていた。今年は失恋で散々苦しんだのだ、大晦日ぐらいは女の子としゃべって良い年越しにしたい。

「あれ、いつものお兄さん? 何? 今日もビンタ?」

実はこの女性は顔見知りだった。仕事が嫌になったとき、人恋しくて泣きそうになったとき、私はこの子に五千円を支払い、頬をビンタしてもらっていた。性的なプレイというよりは、アントニオ猪木《いのき》の闘魂注入ビンタのような意味合いである。

高校生のとき、学校で一番かわいいと噂のクラスメイトの女子に、私は毎日ビンタをされていた。きっかけは生物の授業で「人間の顔には常に無数の顔ダニが生息している」ということを勉強したときだった。授業終わり、私は突然彼女に屋上に呼び出された。これは愛の告白かもしれないと期待に胸膨らませる私に彼女はこう言った。

「君ってダニが多そうな顔してるよね」

そしてビンタが飛んできた。

「明日もダニ退治してあげるからさ、また屋上に来てね」

クラスメイトの誰にも見せたことのない冷たい顔で彼女はそう言った。

地元の名家に育ち、学校では絶対的マドンナ扱い。そんな毎日に彼女は強いストレスを感じていたのかもしれない。それを解消できる方法が私へのビンタなのだとしたら、喜んでお受けしよう。むしろ、小さい頃から鉄拳制裁という方法で親父とコミュニケーションを取ってきた私にとって、ビンタでは少し物足りないぐらいだ。

三ヶ月間、うるわしのマドンナがビンタに飽きるまで、私は毎日屋上に通った。忘れたくても忘れられない青春の甘い思い出だ。

この韓国人女性は私のそんな思い出など知りはしない。ただビンタ一発五千円という割のいいバイトとしか認識していないだろう。

「いや、今日はいいや。富士そば閉まってるから、どこか飯行こうよ。なんでも奢るよ？」

「そう？　ありがと。う～ん、じゃあ松屋」

「何でも奢るって言ってるのに？」

「私、富士そばとか松屋の雰囲気好きなの」

「そうなのか、なんかかわいいね」

「ビンタのお兄さん、何でもかわいいと言うね」

カウンター席に隣同士に座って豚めしを食べる。この豚めしはもうすぐ販売終了してしまうことを教えると、「じゃあもうそれ食べるしかないね！」と彼女は即決した。良い女だなと心から思った。一緒に年越しをする人がこの子で本当によかった。

日付が変わったのを確かめてから、「あけましておめでとうございます」と私は頭を下げる。「おめでとうございます」と彼女も一礼。松屋のカウンターでの新年のご挨拶。なかなか風情がある。

　そろそろオフィスに戻らねば、踵《きびす》を返そうとする私に彼女は言った。

「ごちそうさまでした。あ、今年もビンタさせてね。あとお兄さん、あれしなさい、あれ」

「あれってなによ」

「断捨離よ、おすすめよ。いらない物捨てると運気上がるね。今年はいい年になるといいね。お兄さんいつも顔が暗いから心配心配」

「断捨離ねぇ、俺、物を全然捨てられない性格なんだけど、やってみようかな」

「約束よ。どんどん捨てるがいい。金も女も手に入る。じゃあね～」

　両手を振りながら、センター街の雑踏に消えていく彼女の背中を私はしばらく見送っていた。

　もし本当に断捨離ができるのなら、物ではなく別れた彼女との思い出を捨ててしまいたい。付き合った当初から、うつ、不安障害、睡眠障害という心の病を抱えていた彼女。薬を飲めば何とか日常生活は送れるレベルだったが、動悸、息切れ、体重増加など薬の副作用に悩まされ、服用する薬の量もどんどん増え続けるばかりだった。

「このまま薬づけの人生は嫌だ」という彼女の意思を尊重し、私たちは減薬に挑戦することにした。錯乱状態に陥った彼女が私に襲い掛かってきたり、時には自殺未遂までしたりと筆舌に尽くしがたい六年間を共に過ごした。

見事減薬に成功し、社会復帰を果たした彼女は、ＤＪと浮気するぐらい元気になった。そんな彼女を私は本気で尊敬している。

捨てることなどできるわけがない彼女との思い出。忘れることができないのなら、早く自分の中で折り合いをつけなければ。


向き合わないといけない問題はもうひとつある。それは自分のパニック障害である。

子供の頃、悪いことをしたときの罰として、親父は私を押入れや焼却炉の中に半日以上も閉じ込めた。そのせいで軽い閉所恐怖症を患っていたのだが、この失恋をきっかけにパニック障害も併発してしまったのだ。

医師の見解は、「彼女を支えるために自分が頑張らないといけないと気を張っていたのが、守るべき対象を失ったことで今までの反動が出たのではないか」ということだった。

思い当たる節はある。彼女は電車に乗るのが大の苦手だったのだが、どうしてもというときは、いつも私が同乗していた。実はそのとき、私も閉所恐怖症を発症していたのに、彼女を不安にさせてはいけないという思いで、必死で我慢していたことが何度もあった。つい最近までは恐怖に打ち勝っていたというのに。独りぼっちになった途端にこのザマだ。

満員電車、飛行機、バス、エレベーター、コンサート会場など、閉所に行くときは薬を服用するしかない現状。このまま薬に頼って生きるのもひとつの手立てだが、私も元カノのように、心の病に立ち向かってみたい。病院の先生に相談してもステレオタイプのアドバイスしかもらえないことに失望した私は、二人の賢者に医学的見地からではないアドバイスをもらうことにした。

もちろんオカマと坊主である。

初詣客の人波も落ち着き、次は節分の日におこなわれる催し物の準備に追われていた住職に事の次第を説明する。境内に飾る大きな竹細工を作っていた手を止め、住職はこちらに向き直った。

「気の持ちようを変えるというのはいかがでしょうか？」

「気の持ちよう？」

「仏教の言葉に〝中道《ちゅうどう》〟という考え方があります」

「はい？　中？」

「お釈迦さまが修行の末に悟った真理のひとつですね。簡単に言えば〝あなたにとってのちょうどいい〟を見つけなさいということです。苦しい修行ばかりしてもいけない。かといって怠けすぎてもいけない。人という生き物は、極端なことは簡単にできるんですね。右端を歩くのは簡単。左端を歩くのも簡単。でも道のちょうど真ん中を歩けと言われたら意外と難しいと思いませんか？」

「断食でダイエットするよりも、好きな物を食べながら痩せようというダイエットみたいなもんですか」

「乱暴にたとえれば、そういうことです」

「パチンコで収支がトントンで終わるのも中道ですか？」

「パチンコは違いますね。パチンコは少しでも勝ちたいですね」

「〝S〟の人は〝M〟にもなれるし、〝M〟の人は〝S〟にもなれるのは中道ですか？」

「それはいいたとえですね。人が快感を得られるのは、必ずしも〝S〟や〝M〟という両極端に寄っているわけではないということです」

「どんなことに当てはめても、自分にとってちょうどいい按配《あんばい》を見つけるのって難しそうですね」

「中道は人生のあらゆる場面に適用できますからね。前の彼女さんとの付き合いでは、あなたが頑張りすぎていたのかもしれませんよ。それは彼女さんも同じかもしれませんが」

「……そんな気がします」

「それに気付けたのならあなたは大丈夫だと思いますよ」

「住職も、パチンコで負けているときに〝中道〟の精神を思い出したほうがいいですよ」

「……」

住職からは精神的なアドバイスを頂いた。人生の先輩であるオカマからはどんな助言をもらえるのだろう。

バーカウンターにどっしりと座ったトリケラさんから、突然日本代表に選出された。最近水虫がひどいらしく、カウンターの下でしきりに足をもぞもぞさせている。


「日本代表として戦え」

「日本代表？」

「そんなパニック障害なんかに負けてちゃダメよ、戦いなさい」

「ダメだぞ、戦えとか一番言っちゃダメな言葉なんだからな」

「アタシだって水虫という悪魔と戦ってんだからいいじゃないのよ」

「日本代表として戦うってのはどういうことなんだよ」

「たとえば、電車に乗るときにね、車両の中にいる外国人を探すのよ」

「外国人？」

「そいつがおまえの対戦相手よ。おまえは日本代表。パニック障害を発症しても、日の丸背負ってんだから情けないとこを相手に見せんじゃないよ」

「むちゃくちゃな理論だな」

「人間ね、選ばれし人しか日本代表になれないのよ。じゃあ選ばれなかった人はどうするの？　もう自分で国を背負うしかないの！」

「さっきから何を言ってるんだ」

「オカマだって一度ぐらい日の丸背負ってみたいじゃない。アタシはね、電車の中で外国人のゲイを見かけるたびに胸を張るのよ。アタシが日本代表のオカマだってね」

「なんかカッコいいなぁ」

「あと、どうしてもつらいときは、無理をせずに『つらい』って周りの人に伝えなさい」

「……」

「あんたはそれが一番難しそう。子供の頃にお父さんにも言えなかったし、同棲してた彼女にもうまく甘えられなかったんでしょう？」

「言いたくても伝え方がわからないんだよ」

「つらいときに『つらい』と言えないなら、自分が強くなるしかないわよ。まずはやれるだけやってみなさい。最後には薬に頼って生きればいいんだし」

　トリケラさんの言葉と住職に言われた〝中道〟の教えが被る。

　頑張りすぎはダメ、全然頑張らないのもダメ。自分にとってちょうどいいところを探す。私にとってのそれは、まず自分の弱さを素直に認めることかもしれない。

「ああ、まさか仏教の教えとオカマの言葉が同じとはなぁ」

「え、マジで？　アタシ、ヤバいじゃん、マジで悟る5秒前♪」

「いいね、広末《ひろすえ》。カラオケ歌おうよ。でも俺は『Ｍａｊｉで Ｋｏｉする５秒前』より『ジーンズ』が好きなんだよね」

「わかってんじゃん、『ジーンズ』の作曲は朝本浩文《あさもとひろふみ》よ。朝本なら間違いないわ」

　オカマと一緒に広末の歌を熱唱しながら思う。『ジーンズ』の歌詞ではないけれど、このオカマとの出会いはきっと一生ものだと。


　ある日の仕事帰り、普段ならタクシー乗り場に向かう私の足は渋谷駅に向かっていた。明らかに定員オーバーの山手線が目の前に到着する。どの車両も満員だ。トリケラさんのアドバイスに従い、私はホームを小走りして外国人が乗っている車両を探す。四両目に身長二メートルはあろうかと思われる大柄な黒人男性を発見。扉が閉まるギリギリのタイミングで駆け込み乗車に成功。彼の対面に仁王立ちを決める。ぶつかりあう視線。いいか、俺は日本代表だ。てめえなんかに負けないぞ。俺はな、昔、おまえによく似た男をフェラでイカせたことがあるんだぞ。満員電車なんか怖くない。いつもは敵にしか見えない他の乗客が、私の背中を後押ししてくれるサポーターに思えてくる。よし、今日は大丈夫だ。

　だが、その威勢の良さは一分と持たなかった。私はすぐに気分が悪くなり、めまい、吐き気、冷や汗、身震いと発作症状のフルコース。人がぎゅうぎゅうでその場に座り込むことすらできず、もう半べそ状態に。ユニクロに続いて今度は電車の中で号泣か。失恋してからというもの、とにかく泣いてばかりの人生だ。

そのとき、大きくてあたたかい手が私の腕をギュッと握ってきた。

「アーユーオーケー？　ダイジョウブデスカ？　オミズノム？」

先ほどの黒人男性が人懐っこい笑顔を浮かべている。そして見たこともない怪しい銘柄のミネラルウォーターを差し出してきた。どこに売ってんだよ、その水。でもありがとう。

素直に「つらい」と口にすることはできなくても態度で示せた。私は彼の太い腕に手を添える。掌から伝わってくる人のぬくもりがなんともいえない安心感を与えてくれる。すると、それに呼応するように、黒人男性も私の肩にソッと手を置いてくるではないか。

そうだ、世界はそんなにつらいことばかりじゃない。坊主もオカマも黒人男性も優しい。私はひとりじゃない。だから、私も今よりちょっとだけ他人に優しくなりたい。

七　セクシーなの？　キュートなの？

「おまえは自分の顔で女を落とせる男じゃない。これから先はつらいこともあるだろう。でもそれに負けずに心を磨け。強い男になれ」

親父からそんな言葉を送られたのは、小学校四年生の頃だったと思う。言葉の意味はよくわからんが、とにかく惨《むご》いことを言われている気がする、と落ち込む私に「安心しろ、大人になったら、おまえの内面を見てくれる女がきっと現れる」と親父は笑った。「そういう女の人を見つけたらどうしたらいいの？」と問う息子に、親父はこう言った。

「狩れ、逃がさずに全員狩れ」

奇《く》しくも親父の予言通り、中学生になってから、私は自分の容姿にひどく悩まされることとなる。その頃の私は、顔、首、背中と体中にできた無数のニキビにより、まるで爬虫類かのようなゴツゴツとした肌をしていた。

クラスメイトたちは「イモリみたいな肌してるやん」「ヤモリの生まれ変わりやん」「もう

トカゲそのものやん」と言いたい放題だった。私は図書室に行き、図鑑を使って詳細を調べる。なるほど、トカゲとヤモリは爬虫類で、イモリは両生類。トカゲにはまぶたがあるけど、ヤモリにはない。そしてイモリのお腹は真っ赤な肌をしているらしい。

私は言われたままでは終わらない。いじめすらきっかけにして、いじめっこたちの知らない知識をどんどん身に付けてやる。

運動神経がそこそこよかった私は、人生の一発逆転をかけてバク転をマスターすることにも挑戦した。そして一週間かからずに見事バク転に加えバク宙まで会得したのだが、ニキビ面が空を舞ったところで「回るニキビ」とか「妖怪ニキビ車」とかひどい言われようをするかもしれない。結局バク転ができる事実は学校のみんなには伏せておくことにした。

一番仲がよかった友達に「いっそのこと、この世が色のない白黒の世界になれば、俺の顔のニキビも目立たなくなるのにな……」とぼやいたところ、「白黒の世界になったら、赤いニキビが黒いホクロに見えるだけだよ。〝ニキビ男〟が〝ホクロ男〟になるだけの話やね」と身も蓋もないことを言われたのをよく覚えている。

何をやってもうまくいかない。絶望した私は救いを求めて、近所の皮膚科に駆け込んだ。私の顔を見るやいなや、これは手の施しようがないとみた医師は「ニキビは青春の証です。気にしないことが一番ですね」と匙《さじ》を投げた。それにしても、最後の最後で精神論を持ち出してくるのは卑怯すぎる。

ならば、自分の力で治すしか道はない。私はなけなしの小遣いを貯め、漫画雑誌によく載っている通販商品に手を出した。アメリカのセレブ御用達の高級洗顔料、中国福建省《ふっけんしょう》に百年に一度しか生えないと言われる万病に効く奇跡の笹《ささ》の葉エキス入り化粧水、あのクレオパトラも愛用していたという蚕《かいこ》の繭《まゆ》で作った洗顔スポンジ。効果がありそうなものは、どんなに怪しい物でも試してみた。

そのおかげなのか自然治癒力なのかはわからないが、中学を卒業する頃になると、あれだけひどかったニキビは跡形もなく消え失せ、親譲りの色白の肌が戻ってきた。見たか、私に精神論を語った老いぼれのヤブ医者め。ただ、ニキビの後遺症により、鼻とその周辺だけが真っ赤なのは、どうしようもなかった。

ようやく肌荒れに悩まされないバラ色の学園生活が始まる。いや、バラ色じゃなくていい、せめて普通の生活を送らせて欲しい。高校に進学する私は心からそう願わずにはいられなかった。ところが、顔の中心部が赤、その周りが白という顔の色の配置が〝日本国旗〟と同じであることに気付いたクラスメイトの女子に、「ジャパン」というあだ名で呼ばれていじめられる過酷な運命が私を待っていた。

どうして国を背負った上でいじめられないといけないのか。ただ、大人になってから思ったのは「ジャパン」というあだ名を付けるセンスは悪くないということだ。どうせいじめれるならセンスの良いいじめられ方をしたい。その点において、私は幸せだったと思う。

藁《わら》にも縋《すが》る思いで、クラスで一番頭は良いが、クラスで一番の嘘つきでもある平井《ひらい》君に赤鼻のことを相談してみた。すると「深呼吸をして気持ちを落ち着けると鼻の赤みが取れるらしいよ」と有益な情報を教えてくれた平井君。それからというもの、授業中も休み時間も関係なく「スーハースーハー」と深呼吸を続ける私。きっとその呼吸音がロボットみたいに聞こえたのだろう。いじめっこの女子は、私のことを「サイボーグジャパン」と呼ぶようになった。機械の体を持ついじめられっこの誕生だ。


中学、高校と続いたクラスメイトのいじめにより、己の容姿にまったく自信を持てなくなった私は、当時人気があったＳＯＦＴ《ソフト》　ＢＡＬＬＥＴ《バレエ》、ＢＵＣＫ‐ＴＩＣＫ《バクチク》、黒夢《くろゆめ》などのヴィジュアル系バンドに憧れるようになった。ただの色物ではない演奏技術の高さと楽曲の良さに加え、艶《つや》のあるルックスと鮮やかなファッションで武装した彼らは本当に綺麗だった。それは天使ではない、堕天使の美しさだ。自分もあの人たちのようになりたい。異性にモテるとかそんなことはどうでもいい。ただ、美しさが欲しかった。

一大決心をした私は、近所の化粧品屋に、「うちのおばあちゃんが試供品をくれと言っている」と嘘をつき、大量のメイク用品を無料で手に入れた。だが、道具はあっても肝心の化粧のやり方がわからない。私は『ＳＨＯＸＸ《ショックス》』や『ＧｉＧＳ《ギグス》』といった音楽雑誌に載っているバンドの写真を参考に、クリームやファンデーションを塗りたくる。そして次に眉毛を剃って限界まで細くする。拙《つたな》い技術のせいで、なんとも不恰好な仕上がりにはなったが、今までの味付け海苔のような極太眉毛よりはマシだった。最後にうっすらと唇に紅を塗り、人生初のメイクが完成した。

一時間ほどの悪戦苦闘の末、鏡には、幽霊のような血色の悪い肌をした化け物が映っていた。だが、誰にどう思われてもかまわない。この生まれ変わった自分で生きてみよう。それが〝ロック〟の魂だ。私は毎日フルメイクをして学校に行くようになった。

変わり果てた私の姿を見た担任やクラスメイトは、そのあまりの恐ろしさに何も言葉をかけてこなかった。まるで、映画『エレファント・マン』の異形の主人公を見るかのような好奇のまなざしで、遠くから私を観察していた。

しかし、私の心は波ひとつない海のように落ち着いていた。他人とのふれあいを失ったが、自分が本当に美しいと思える姿でいられることが何よりも嬉しい。このまま卒業まで独りぼっちでもかまわない。私は私らしく生きていたい。

そう思った矢先、事件は起きた。数学の授業で、定年間近のおばちゃん教師が「おまえがその気持ち悪い化粧を落とすまで授業をしない」と、私のメイクを理由に授業をボイコットしたのだ。こちらに何の非があるのか。私は数日間徹底抗戦を決め込んだのだが、「空気を読めや」というクラスメイトの圧力に屈し、泣く泣くメイクを落とすことになった。すっぴんを見た数学教師は「その顔のほうがええ男や」と勝ち誇ったように笑った。そしてその日以来、私は数学を勉強することをやめた。「美」を理解できない者が教える教科など、私の人生には必要ない。

さすがにもう疲れてしまった。

それからの私は、己の容姿で一喜一憂することをやめ、ありのままの自分を愛することに決めた。醜さもまた私の一部なのだ。不細工なりに愛想だけは良くしておこうと、常に笑顔を絶やさないようにしているうち、気の合う友達も何人かでき、いじめられることもなくなった。そうか、最初から自分らしくしていればいいだけだったのだ。

呪われた高校時代から十五年。

時は二〇一二年の春、私の目の前には化粧品を手にニヤニヤと笑うトリケラさんがいた。

きっかけはカウンター席で偶然隣り合わせた男性客だった。

彼は『プロパガンダ』というイベントの常連さんだった。「プロパガンダ」とは、歌舞伎町のど真ん中、風林会館五階のグランドキャバレー跡地「ニュージャパン」にて月一回開催される日本最大級の女装イベントだ。毎月最終土曜日の夜におこなわれるそのイベントには、多いときは四百人ほどが全国各地から集まっていたらしい。

〝ＬＧＢＴ〞に属する人たちをはじめ、ニューハーフ、趣味で女装をしている男性、単純に「女装カルチャー」に興味がある一般客と、さまざまなセクシュアリティを持つ人たちが、性別に囚われることなく、思い思いの恰好とスタイルを楽しめる自由な場所。それが「プロパガンダ」だった。

ちなみにその男性客は、純粋に女装が好きなだけの四十歳のノンケだという。肩幅の広いガッシリとした体形で、頭は角刈り、小学校の頃から柔道に打ち込み、その腕前は黒帯級だという。普段は池袋のほうで整骨院の院長をしており、来年には二号店もオープンさせるらしい。

一見順風満帆の人生に思えるが、五年ほど前に女装の趣味が奥さんにバレ、それが原因で離婚。現在男手ひとつで二人の息子を養っているのだという。しかも中学一年生になる息子にも女装の現場を目撃され、最近口をきいてもらえないらしい。

「それなら嫌なことは全部忘れて、今日は思い切って女になりなさいな」というトリケラさんの提案で、男性は今から女装をする流れになってしまった。

「やっちゃえ、やっちゃえ」と無責任にはやし立てていた私に、トリケラさんはさも当然という顔で言い放つ。

「何言ってんだ。おめえもやるんだよ」

くそ、どうしよう。実はそんなに嫌じゃない自分がそこにいた。

女装のプロである彼は放っておくとして、私はどうしたらいいのだ。オタオタしている私のもとに、「メイクならアタシに任しときなさい！」と、化粧道具一式を脇に抱えたトリケラさんがやってきた。上から下まで私の体を舐め回すように見つめてから、トリケラさんは私に訊ねた。

「おまえさ、ギャルがいい？　それとも清楚系がいい？」

あまり聞かれたことのない二択にとまどうも、どうせならありえない選択をしようと、私は「ギャル」と応えた。

「じゃあ、セクシーが好き？　キュートが好き？」

松浦亜弥《まつうらあや》の『ね～え？』の歌詞みたいな質問だ。

「セクシーでお願いします」

「まとめるとセクシーギャルね。ＯＫ～♪　じゃあ、私の尊敬する浜崎《はまさき》あゆみ風メイクでいこうかしらね♪」

「俺があゆ……あゆになるのか……」

頭の中に、神社の鳥居のような形をしたあゆのロゴマークが浮かんでくる。

「どうせならつけまつげも付けて、本格的に仕上げちゃいましょ」

トリケラさんのテンションだけが際限なく上がり続けている。


化粧をするだけなのに、私がオカマデビューをするのかと勘違いした店のオカマたちが、蛍光灯に群がる虫のようにわらわらと集まってきた。メイクされる私を見ながら、意地悪なオカマが時折笑い声を上げる。醜い自分を見世物にされているような感覚に陥り、私はみんなの前で泣いてしまいそうになる。

「大丈夫。誰も笑ってないから。私が絶対笑わせないから」

『キン肉マン』で、マスクを剝がされたウォーズマンが「俺の顔を見て誰か笑っていないか?」と聞いたとき、相棒のロビンマスクが言った台詞とまったく同じ言葉をトリケラさんがかけてくれる。

どうしてこの人は、私が今一番言って欲しい言葉がわかるのだろう。

「それに、ここにいる奴はみんな化け物みたいな顔してるじゃないの」

「おまえも含めてな!」と、他のオカマたちからトリケラさんにブーイングの嵐が浴びせられる。あたたかな笑いに包まれる店内。

「ちょっと、店内BGM、あゆにして~!」とトリケラさんが大声を出す。大音量で響き渡る浜崎あゆみの『Ｂｏｙｓ ＆ Ｇｉｒｌｓ』に合わせ、メイクアップショーも佳境に入る。

「あら、かわいいじゃない」「私の次に綺麗よ」とギャラリーのオカマたちから次々に茶々が入る。


その日三度目の『SEASONS』が鳴り終わる頃、店のオカマから借りたセミロングのウィッグを装着してメイクは終了。トリケラさんが「まだ目を開けちゃダメよ」と言うので、私は両目を閉じて、そのときを静かに待つ。

「はい、どうぞ」という声を合図に目を開けると、目の前の鏡には、中の下ぐらいのレベルのセクシーギャルが映っていた。ナンパ物のAVで「3PもOKよ」って言いそうな感じのちょうどいい按配に下品なギャルだ。

「おまえの顔だとこれが限界！　その潰れてる鼻はもう整形しろ！」と、トリケラさんは笑う。おめえの鼻も似たようなもんだろうが。

自分の顔を鏡で何度も確認しながら、ちゃんとメイクをしたら、こんな顔でも少しはマシになるんだなと胸が熱くなる。プロレスラーがマスクをかぶっているとき、自分が自分じゃなくなるような不思議な高揚感が私をおかしくさせる。

「私、綺麗？」

思いもよらない言葉が私の口をついて出る。

「きれ～～い」

店内のオカマたちが濁った声でハモってくれる。

嬉しくなってしまい、もう一度だけ「私、綺麗？」と問いかける。

途端に「調子にのんじゃねえ！」「あべし！　みたいな顔してるくせに！　殺すぞ！」と耳が痛くなる罵声が私の身に降りかかる。でも今はそんな汚い言葉でさえもこの身には心地いい。トリケラさんをはじめとするこの店のオカマたちが、思い思いに自分の好きな服装で働いている気持ちがわかった気がする。


結局、朝まで浜崎あゆみのメイクで飲んでしまった私は、そのままの恰好で早朝のお寺に姿を現した。なぜまっすぐ家に帰らないのか。理由はひとつ。私の晴れ姿を住職にも見せてあげたいからだ。

道ですれ違う人々の視線など気にはしない。住職がどんな顔で迎えてくれるのか、それだけしか興味はない。

時刻は朝六時半、境内に到着してもう三十分が経過している。いつもなら掃き掃除をしているはずの住職はいっこうに姿を見せない。さらに三十分経過、それでも坊主は出てこない。いったいどうしたんだ。体でも悪くしたのか。まさかパチンコで借金を作って首でも吊りやがったか。

早朝から迷惑な話だと思いつつも、住職にショートメールを送る。すると「勉強会を兼ねて関西に来ております。急だったのでお伝え出来ずにすみません」と丁寧な返事が返ってきた。どうせこいつは関西でもパチンコ屋に行くはずだ。

「どうしても住職に見せたいものがあるんです。いつ帰ってくるか教えてください」と送信すると、「嫌です。どうせろくなもんじゃないので教えません」となんとも素っ気ない返信が。そしてその後は鮮やかな既読スルー。まさか、お坊さんに既読スルーされる日がくるなんて。

しかし、困った。住職が帰ってくる日がわからないと、この寺に来るたびに、私は浜崎あゆみのメイクをしてこないといけないじゃないか。

八　お部屋探しはパイパンで

初めて刺青《いれずみ》を入れたのは九歳の頃。私の背中に刻まれた模様は、桜吹雪でも仁王でも竜でも虎でもなく、二匹のトンボだった。

小学三年生の夏休み、夏の日差しが一直線に差し込む縁側で、スイカを切り分けている祖母の姿が見えた。家の畑で久しぶりに採れた大物だ。庭では、麦わら帽子をかぶった祖父が、副業で育てている椎茸《しいたけ》の原木の手入れに余念がない。居間では、ランニングシャツ一枚の親父が、新聞紙の上で足の爪をパチンパチンと切っている。母親がいなくても、家に多額の借金があろうとも、夏の日の平和な家族の風景がそこにあった。

縁側に腰掛け、足をブラブラさせながら、お目当てのスイカを今か今かと待ちわびる。見上げた空には八月の入道雲が我が物顔で居座っている。まさに夏真っ盛り。こんな日には、砂糖をいっぱい入れた甘い甘い麦茶が飲みたくなる。

台所に行こうと立ち上がったとき、突然二匹のオニヤンマが家の中に飛び込んできた。戦闘機のドッグファイトのようなくんずほぐれつの状態で部屋の中を縦横無尽に暴れまくる。

その様子を見た私は「お父さん！　僕もあんなふうに空を飛んでみたい！」と、子供なら誰しも一度は夢見るであろうことを素直に口にした。

　爪を切り終えた親父は、納屋《なや》から持ってきた虫捕り網を巧みに操り、あっという間にオニヤンマたちを捕獲した。「トンボ！　トンボ見せて！」と無邪気に駆け寄る私。親父はそんな私を優しく抱き締めたかと思いきや、レスリングの反り投げのような形で後ろに放り投げた。何故だ。確かに一瞬だけ空を飛んだような気分にはなったけれども。背中をしたたかに打ちつけた衝撃で畳の上に大の字の私。まったく動けなくなった我が子の服の中に、親父は先ほど捕まえたばかりの二匹のオニヤンマを解き放った。

「ブバブルリリヤブブルルアヴッ！」

　形容しがたい音を立ててトンボたちが暴れ出す。まるでTシャツの中で小さな戦争が起きているかのようだ。畳の上を転がり回って泣き叫ぶ私に「どうや、空を飛ぶのも大変やろ？もう軽い気持ちで『空を飛びたい』とか思うなよ」と言って、親父はスイカを美味しそうに頬張った。

　オニヤンマは私の背中に押し潰されてこの世を去った。放心状態の私が上着を脱ぐと、押し花のようにぺちゃんこになった二匹のトンボが背中に貼りついていた。それを見た親父は「おぉ、刺青みたいになっとるやんか。綺麗やぞ」と手を叩いて喜んだ。

　この日以来、私は二度と「空を飛びたい」などという戯言《ざれごと》を口にしなくなった。そして、鳥や昆虫といった空を飛ぶ生き物の類が苦手になり、「将来はパイロットになるんだ！」と空に思いを馳せるクラスメイトのことも大嫌いになった。「飛行機になんて一生乗るものか」と思っているうちに、自然と飛行機恐怖症にもなってしまった。

大人になってからも、夏を迎えるたびに二匹のオニヤンマのことを思い出す。大空への憧れを持たずに育った子供は、三十三歳になった今、東京で地べたに這いつくばって必死に生きている。もしかしたらこの苦しい毎日はあの日のオニヤンマの呪いなのだろうか。

そして二〇一二年、今年もまた夏がやってきた。

七月の早朝、アパートの窓から見える青空に、クジラみたいな大きな雲が浮かんでいる。隣に住むビートルズ好きのバンドマンの部屋からは、『Ｌｅｔ Ｉｔ Ｂｅ』が大音量で流れてくる。朝からこんな曲を聴いたら、もう一日が終わったような夕暮れ時の気分になるのでやめていただきたい。

週に一度の貴重な休日。やらなければいけない本日のタスクは二つ。まずは溜まりに溜まった洗濯物を片付けること。そしてもうひとつは散髪だ。といっても美容室に行く必要はない。バリカンを使って頭を丸めるだけである。

勢いよく服を脱ぎ捨て全裸になった私は、床に新聞紙を敷き、その上にあぐらをかく。上京を機に始めた坊主頭。散髪代の節約になればと、自分で頭を刈るようになってもう十年近く経つ。バリカンの扱いは慣れたもので、三面鏡など使わなくても、掌の感覚だけで剃り残しひとつない美しい坊主頭の出来上がりだ。

しかし、広い部屋の真ん中にぽつんと座って散髪をしていると、自分が独りぼっちなんだという現実を改めて実感する。

バリカンで頭を丸めている私の横で、朝風呂から上がった彼女がドライヤーで髪を乾かす。「情けない恰好してるね〜」と茶化す彼女から、ローズマリーのシャンプーと、ミントのボディソープの香りが合わさった、彼女オリジナルの湯上がりスメルが立ち昇る。洗濯機からは洗濯終了を知らせる『エーデルワイス』のメロディが鳴り響き、それに合わせて、私たちはソプラノ歌手のような高音ボイスで「エ〜〜デルワ〜〜イス♪　エ〜〜デルワ〜〜イス♪」と仲良く合唱を始める。そんな幸せなひとときを思い出すだけで泣けてくる。

バリカンで髪の毛を剃り落とすように、恋人との思い出も簡単に忘れてしまえたらどんなに楽だろう。別れて一年が経つというのに、まだ未練タラタラな自分が嫌になる。そろそろ前に進みたい。何か、何か変わるきっかけはないものか。

そうだ。このまま下の毛も剃ってしまおう。パイパンとなって私は生まれ変わる。それしかない。くだらないことでもいい。思いついたことを実行することが今の私には大切なのだ。

ボディソープを泡立てたものをシェービングクリーム代わりにして、カミソリを使って慎重に陰毛を剃っていく。玉袋に生えた毛、通称「玉毛」を剃るのが難しく、その際に若干血は出たものの、一時間ほどかけて、私はツルツルのパイパンマンに生まれ変わった。すごい、陰部がスースーして気持ちいいだけではなく、体にまとわりついていた余計なものを脱ぎ捨てたかのようなこの爽快感。スーパーマリオがスターを取ったときのように、私の陰部が点滅を繰り返し、無敵状態になっているようなこの感じ。

　今年の夏はちょっと違う夏になる。そんな予感がした。

　二〇一二年、日本の夏。パイパンの夏。


「というわけで、下の毛を剃ってしまったんですよ。住職」

「で、なぜパチンコ屋に来たのですか?」

「パイパンにしたたし、ギャンブル運も上がってないかなぁって」

「そんな理由がなくてもいつも打ちに来るでしょう」

「たまにはパチンコをする理由が欲しいじゃないですか」

　ここは住職と私の行きつけのパチンコ屋。夏に合わせてというわけではないが、私と住職はパチンコの定番『海物語』シリーズを隣同士で打っていた。

　パイパン効果かどうかは不明だが、その日の私は絶好調。打ち始めて五分で初当たりを引いたかと思うと、そのあとも連チャンが止まらない大フィーバー。片や住職の台はうんともすんとも言わないお通夜状態。住職のイライラもＭＡＸのようで、蒸気機関車のごとくタバコをプカプカ吹かし続けている。

「ほら、住職。やっぱり運気上がってますよ。パイパンラッキーが起きてます」

「仏教の教えでは『運』というものは存在しないんです。この世に偶然起きることはない。すべては何かしら原因があって起きているんだという考え方です。今までの良いおこないが幸せをもたらし、悪いおこないが不幸を呼ぶ。『因果応報』というやつですね」

「でも、僕、別に徳を積むようなことしてないですよ」

「普通に日々を精一杯生きているだけでも徳は積まれるのです。それに現世だけではなく、前世でのおこないも影響しますので」

「良いことをした報いがパチンコで返ってくるの、なんかもったいないですね」

「それを言われちゃうと身も蓋もないんですが……」

「パイパンにしたから良いことが起きるってほうが人間らしくて面白いのにな」

「確かに毛を剃ることは良い影響があるかもしれません。それは我々が坊主頭にする理由にも関係しているんです」

「その理由、とっても知りたいです」

　仏に仕える身として、頭をつんつるてんに剃り上げている住職。ただ、パチンコ屋に来るときだけは、とんねるずの木梨憲武《きなしのりたけ》が好きそうな恰好良いハンチング帽をかぶり、ハゲ頭を隠していた。私はそのオシャレが癪に障ってしかたがなかった。

「仏教においては、毎日伸びる髪の毛を、尽きることのない人間の煩悩《ぼんのう》の象徴と捉えているんです。それを捨ててしまおうという意味で坊主頭にするのです。宗派によっては坊主にする必要もないいんですけどね」

「煩悩を捨てたのに、こんな欲の溜まり場みたいなところに来てるじゃないですか」

「あれですよ。自分に厳しすぎてもいけない。たまには自分を甘えさせる〝中道〟の精神ですね」

「住職って、困ったときはなんでも〝中道〟で済まそうとしますよね」

「便利ですよね。この言葉」

「住職、前から言いたいことあったんですけど」

「はい、何でしょうか」

「住職、その帽子あんまり似合ってないですよ」

「……」

キュインキュイン！

二人の間に流れた一瞬の気まずい沈黙を打ち破る電子音。ついに十回目の大当たり、私の快進撃は止まる気配がない。

「僕、坊主頭でパイパンだから、住職よりも煩悩が少ないのかな。だから、こんなに当たるんですかね。無欲の勝利だ」

「それで本当に当たるなら私だって剃ってみますけどねぇ……」

「やりましょうよ。〝パイパン和尚〟ってなんか異名としても恰好良いし」

「いや、勝てるならねぇ……」

本気で悩んでいる住職がかわいくて、私はゲラゲラと笑った。

このときは、まさかその三日後に本当にパイパンにしてくるとは夢にも思わなかったが。


私にとって夏は遠回りの季節だ。とにかく虫が苦手なので、トンボが飛んでいる場所、蟬《せみ》が鳴いている場所を避けては回り道。いつもより三十分ばかり時間をかけて、ようやくオカマバーにたどり着く。回り道をしたおかげで、普段は気付かない街の美しい景色、素敵な喫茶店、レアなジュースばかり売っている自動販売機などたくさんの発見がある。その点だけは虫たちに感謝しなければいけない。

Ｐｅｔ Ｓｈｏｐ Ｂｏｙｓの『Ｎｅｗ Ｙｏｒｋ Ｃｉｔｙ Ｂｏｙ』が鳴り響く店内で、トリケラトプス似のオカマは今夜も気だるそうに背伸びをひとつ。整えられた坊主頭に気付くと、「お、剃りたてじゃ～ん」と私の頭を乱暴に撫で回す。

自分を変えたくてパイパンにしてみたという私の話を聞いたトリケラさんは、ＴＶＣＭで「おいらはボイラー、三浦のボイラー」と鼻から蒸気を吐き出していた島田紳助《しまだしんすけ》のように、タバコの煙を鼻から激しく吹き出しながら私を叱り始めた。

「人間ってな、三十歳過ぎたら自分を変えることなんてできないんだよ。諦めな」

「それはそうかもしれないけどさ」

「そんなことよりも、何をやっても変わらない自分を愛せるようになりなさい」

「変わらない自分？」

「アタシの友達にね。世界一周旅行に行ったオカマがいるの」

いろいろとツッコミを入れたいところだが、ここは黙ってトリケラさんの話を聞くことにした。

「一年半かけて世界中を旅して帰ってきたそいつが言ってたの。『オーロラやアフリカのサバンナや他にも綺麗な景色をたくさん見て、物の考え方とか人生観が一気に変わったわ。でも変わらなかったことがひとつある。それは私が男が好きなオカマだってこと』ってね」

「変わらないオカマか……」

「世界一周なんかしたら、誰だって変わるわよ。変わらないほうがおかしい。それでも揺るがないものが自分自身ってもんじゃないかしら。世界を回ってきた奴って『自分がいかにちっぽけな存在かわかりました』とか『世界はひとつなんだ』とか当たり前のことしか言わなくてつまんない。自分のことを自分で〝旅人〟とか言い出したらもう終わりよね。世界一周してきても面白くない自分にまず気付けよって思う」

「インティライミも散々な言われようだなぁ……」

「おまえは世界一周しても変わらない自分ってある？」

「プロレスが好きなことと、ＡＶの趣味は変わらないと思う」

「そうそう、人間それぐらいでいいんだよ」

「うん、なんかスッキリしたかも。ありがとう」

目の前のファジーネーブルを一気に飲み干して思う。そろそろ彼女と過ごした思い出の場所を去るときがきたのかもしれない。

「俺、引っ越そうかな」

「長いあいだ同棲してた奴はそのほうがいいかも。ようやく決断したんだ」

「うん、世界一周するよりも、あの部屋を出ることのほうが俺には大きな一歩だと思う」

「どこに住むつもり？」

「中野で探すよ。やっぱりこの街が好きだからさ。たとえ元カノが近くに住んでいてもね」

「……内見一緒に行ってあげよっか？」

「え、なんで？」

「面白そうじゃない、人の部屋探しに付き合うの」

「そりゃね」

「普通の恰好で行ってあげるから安心しなさい」

「いや、オカマの恰好で来てよ、そのほうが面白いって」

「人を見世物みたいに扱わないの」

「ごめんなさい」

「で、今度はどんな部屋に住みたいの？　アタシの理想はね……」

　ファジーネーブルを何杯もおかわりしながら、オカマと理想の部屋について語り合う夜が静かに更けていった。


　次の週の木曜日。その場のノリで出た冗談だと思っていたら、本当にトリケラさんと内見に行くことになってしまった。

　中野駅北口から続くサンモール商店街を抜けた先、オタクとサブカルの聖地である中野ブロードウェイ入口付近で落ち合う予定になっている。考えてみれば、お店以外でトリケラさんと会うのは初めてだ。オカマとの待ち合わせなのに、女の子とデートをするときよりも胸の高鳴りを感じている。

「お待っとさ〜ん」

　背後から呑気な声が聞こえてきた。振り返った先には、まさにナイスミドルという感じのダンディな中年紳士が立っていた。整髪料でがっつり固めたオールバックの髪形に、ネイビースーツの上下でバッチリと決めたトリケラさんは、誰の目にもやり手の実業家に見えることだろう。顔は全然似ていないし、本人に会ったこともないのだが、なんとなく中井《なかい》貴一《きいち》はこんな感じの洗練された大人の雰囲気をしているんじゃないかと思った。

「どう？　よそ行きスタイルよ。ちょっとは見れたもんでしょ。これでも医療品関係の営業してたこともあるから、スーツは結構似合うんだなぁ、うん」

「……」

「どした？」

「トリケラさんのおでこって初めて見たかも。いいね」

素直に褒めることができない私は、よくわからない賛辞をトリケラさんに送る。

「結構な富士額だからあんまり見せたくないのよねぇ」と言って照れる様子は、お店で見るいつもの面影があった。

今回、トリケラさんは私の親戚という設定で部屋探しに同行する。不動産屋さんに向かう道すがら、「この〝梅家〟のいなり寿司が絶品なのよ」とか「サンモール商店街って回転寿司が多いんだけど、ここのいなり寿司が一番美味しいわ」と、中野のいなり寿司情報を事細かに教えてくれるトリケラさん。

「有名なところは物件数は多いけど、仲介手数料は高いし入居審査に何日も待たされたりするから大変。それなら老舗のほうが、大家さんと古い知り合いだったりして融通が利くから便利なの」というトリケラさんの助言に従い、小さな個人経営の不動産屋さんを訪問。寄合所といったほうがしっくりくるアットホームな佇《たたず》まいの二階建ての建物、なんでもこの街と共に生きて創業五十年になるらしい。店内にはお茶を美味しそうにすすっているお爺ちゃんが一人きり。出してくれた日本茶が熱すぎて飲めたもんじゃなかったり、二階からお茶菓子を取ってくると言ったまま戻ってこなかったりと心配になる点は多々あったが、トリケラさんの言う通り、親身になってこちらの意見を聞いてくれる〝人のあたたかさ〟がその不動産屋さんにはあった。

「大事なのは広さより収納」

「布団を干せるだけの日当たりがあるのか確認しなさい」

「風水的にこの玄関の造りはよくない！」

「駅からもバス停からも中途半端に離れてる場所に掘り出し物件はあるのよ」

お店と同じ口調で、部屋探しに次々と口を出してくるトリケラさん。そんなことは気にも留めず、ただニコニコ笑っているお爺ちゃん。なんて素敵な白昼夢だろう。

候補を二つに絞り込み、本日中の内見を申し込む。物件情報のコピーを取りながら「走れるやつ三台もあったかな？」とつぶやくお爺ちゃん。外で待っていた私たちのもとに現れたのは、使い古された赤いママチャリだった。

「車が通れない細い路地があるので自転車で行きましょう。私、車の運転苦手なもんでね。今日は天気もいいし。いいでしょ？」と言って、こちらの返事も聞かず、お爺ちゃんはヨタヨタと自転車にまたがった。

むせかえるような夏の暑さにやられ、街ゆく人々はみな浪人生のように覇気がない。人波を避け、縦一列でのろのろと走る三台のママチャリ軍団。先頭を走るは不動産屋のお爺ちゃん、それについていく私、そこから少し遅れてトリケラさんと続く。自転車のペダルをこぐたびに短く生えた陰毛がパンツにこすれてチクチクする。

「こんな肉体労働があるとか、話が違うぞバカヤロウ!」という罵声が後ろから聞こえてくる。「内見が終わったら、さっき言ってた〝梅家〟のいなり寿司、好きなだけ奢るから頑張って!」と励ます私。

別れた彼女と暮らした思い出の街を、私は今、お爺ちゃんと口の悪いオカマと一緒に自転車で走っている。自転車が公園に差し掛かったとき、一匹のトンボ、おそらくシオカラトンボが、私たちと並走するように空を飛んでいるのが見えた。なんだ、おまえもついてきてくれるのか。どういうわけか今日はトンボがあまり怖くない。

パイパンの私とジジイとオカマとトンボが同じ方向に向かって進んでいく。その先に待っているのがどんなにグラグラとした不安定な未来でもなんとかなるだろう。それよりも大切なことは、今日という特別な日の空を決して忘れないことだ。

九 世界で一番エロい仏像

別にロマンチックに生きるつもりなどないのに、よりによって月が綺麗な夜に引っ越しをしてしまった。

まだカーテンが付いていない窓から潤沢な月の光が差し込んでくる。中秋の名月に照らされて輝きを放つ床がまるで銀色の砂漠のようだ。長年連れ添った恋人と別れ、彼女との思い出がそこかしこに染みついた愛の住処《すみか》を抜け出し、ようやくたどり着いた新しい部屋。通り過ぎる電車の音がやかましくて仕方なかった線路沿いの部屋から、閑静な住宅街にあるのどかなアパートへとやってきた。

中世ヨーロッパには、月の光を浴びすぎると人間は正気を失うという言い伝えがある。いわゆる〝ルナティック〟だ。しかし、今の私の心は波ひとつない海のように穏やかだ。若干強さを増した午前零時の月光が、スポットライトのように私の体を照らす。青白い光に映し出された私は、一糸まとわぬ姿で自分の一物《いちもつ》を強く握りしめていた。

「こんなに落ち着いた気持ちで自慰に臨むのはいつ以来だろうか」

思わずそんな独り言を言ってしまうぐらい、今夜は素敵な夜である。

かの藤原道長《ふじわらのみちなが》は、何もかも自分の思うがままにできる世を月にたとえて一句詠んだ。

「この世をば　我が世とぞ思ふ　望月の　欠けたることも　なしと思へば」

道長よ、申し訳ないが、今夜、このときだけは世界は私のものだ。

昔から、人生の節目における自慰を大切にしてきた。新年最初の自慰を誰でおこなうのかで一年の運勢が決まると考え、毎年元旦には頭を悩ませている。親元を離れて一人暮らしを始めた二十歳の頃は、武士が立志の誓いを立てるかのごとく厳《おごそ》かに自慰を執りおこなったものだ。失恋を乗り越え、思い出の部屋を捨て去り、新しい一歩を踏み出すこの場所でおこなう最初の自慰。間違いなく私の人生における大切な節目となるだろう。

先日、住職から「座禅」と「瞑想《めいそう》」の違いを学んだ。「座禅」は悟りを開くための行為であり、決められた姿勢でおこなう必要があるらしい。〝半眼〟といってうっすらと目を開けた状態でおこなうのが一般的だそうだ。かたや「瞑想」は、心を落ち着けたり、集中力を高めたりする個人的な目的でおこなわれることが多い。姿勢に関しては、寝転がろうが座っていようが、どんな体勢でおこなってもよいとされている。世間で流行している「ヨガ」もこれにあたる。「座禅」が〝半眼〟なのに対し、「瞑想」は目をしっかりとつぶっておこなうことが重要だ。私の今までの自慰はどちらかと言えば「瞑想」に近い形式だったので、この引っ越しを機に「座禅式の自慰」に変更することにした。この方式でおこなったほうが自慰が少し高尚な行為に思えるからだ。

　さっそく目を〝半眼〟にし、ぼんやりとした世界で自慰に耽《ふけ》ろうとした瞬間、あることを閃いた。今にもうなりを上げようと荒ぶっていた右手をなんとか落ち着かせ、今日のところはおとなしく床に就く。新居での記念すべき最初の自慰は明日にお預けだ。なに、別に焦ることはない。


　翌朝、九月の空を見上げれば、秋風にたなびくうろこ雲が空一面に広がっている。その空の下で境内をせっせと掃除する坊主が一人。少し厚手の秋服に衣替えをした住職がいつもの笑顔で私を出迎えてくれる。

「おはようございます。引っ越しは無事に終わりましたかね」

「はい、新井薬師前《あらいやくしまえ》から沼袋《ぬまぶくろ》に一駅動いただけなので意外と楽でした」

「それは何よりでしたねぇ」

「なのでこれからもあのパチンコ屋で会えますよ」

「それはよかったと言っていいのか……」

「で、毎度のことなんですが、今日も住職に教えていただきたいことがあるんです」

「座禅と瞑想のことといい、最近やけに勉強熱心ですねぇ。今日は何を？」

「仏像には菩薩《ぼさつ》や如来《にょらい》などいろいろと種類がありますが、何が違うんでしょうか」

「なるほど、今度は仏像に興味をお持ちですね」

「はい、インターネットで調べてもよかったんですけど、やっぱり誰かに直接教えてもらうほうが楽しいなって」

「では『仏像図鑑』を取ってきます。写真を見ながら勉強するほうがわかりやすいでしょうしね」

本堂の脇のいつものベンチに座り、子供のように足をバタバタさせながら、住職が戻ってくるのを待つ。年甲斐《としがい》もなくはしゃいでいるのは、最近は、ここ数年で一番と言っていいほど体調が良いからだ。

その一番の理由は、仕事に〝中道〟の思想を持ち込んだことにある。私が勤めるＷｅｂ制作会社は、常日頃から締め切り前の徹夜作業は当たり前という過酷な職場環境であった。三十歳半ばにさしかかり、体力の限界を感じ始めていた私は、制作現場を一旦離れ、裏方である事務作業に回ることにした。

苦しすぎてもいけないし、楽をしすぎてもいけない。自分にとってちょうどいい按配を探そうという〝中道〟の思想を職場でも実践してみたわけだ。彼女と同棲しているときは必死に頑張ることしか頭になかった私が、引っ越しを機に、少しだけ自分を甘やかしてみることに挑戦中だ。今のところはそれが非常にうまくいっている。快調この上なし。

やがて、大きな図鑑を片手に住職が戻ってきた。

「では〝如来〟からいきますか。〝如来〟とはすでに悟りを開いた者のことを言います。簡単に言えば仏様のことですね。余計な装飾品が付いていない質素な仏像が多いです。〝螺髪《らほつ》〟という右巻きにカールした髪型などが特徴です」

「クラスに一人はこういう髪型してる奴いましたよね。よくいじめられてました」

「仏様に似た髪をしているのに悲しいことです」

「人生はままならないことが多いですね」

「次に〝菩薩〟ですが、これは悟りを開くために修行している人のことです。なので、まだ人間に近い姿をしていたり、首飾りのような派手なものを付けていたりします」

「だから、ちょっと色っぽい仏像がたくさんあるんですね」

「ですが、〝如来〟と〝菩薩〟は性別を超えた存在とされているんですよ」

「へぇ、性別がないのか……」と言いながら、不意にトリケラさんのことを思い出す。私にとってあの人は、もう「オカマ」とか「ゲイ」とかそんな単語では分類できない唯一無二の存在だ。考えようによってはトリケラさんが〝私だけの仏様〟と言っても過言ではない。

「他にも〝明王《みょうおう》〟に〝天《てん》〟といった種類があるんですが、それはまたおいおい……。まずは自分の好きな仏像をひとつでも見つけると仏像の世界が一気に楽しくなりますね」と住職は熱心に説明してくれた。

住職、本当にすみません。私は、できるだけ色っぽい仏像を探して、そいつをオカズにしてオナニーをしようと思ってるんですよ。

なんてことは口が裂けても言えなかった。


坊主は衣替えを済ませたが、オカマの衣替えはまだ先だ。胸元が大きくはだけたエレガントなドレスを身にまとい、今宵もトリケラさんは怪しい輝きを放っている。

仏像をズリネタにしようとしていることを知ったトリケラさんは「アタシも一緒に探してあげる。最高にエロい仏像を見つけちゃうんだから」と興味津々なご様子。このノリの良さに、今まで何度救われてきたかわからない。

「美しい　仏像」

「抜ける　仏像」

「セクシー　仏像」

「巨乳　仏像」

グーグルの画像検索を使ってエロい仏像探しに没頭する深夜零時。お互いにこれだという写真を見せ合いながら、夜はさらに更けていく。私は住職から教えてもらった〝如来〟と〝菩薩〟の違いを、トリケラさんに偉そうに説明する。

「似ているようで仏像にもいろいろ違いがあるのねぇ。アタシたちマイノリティの世界と少し似てる気がする」

「ゲイとかニューハーフとか……」

「そうそう、最近はそういう言葉が知られるようになってきたから、アタシたちに失礼がないようにって、妙にかしこまって店に来る人もいるの。でも、あれは違う気がする。過剰に気を遣われてる時点でちょっと気分悪い。もっと普通に接して欲しいだけなのにさ」

「ネットとか世間の目は厳しいもんね」

「差別用語を使ったら全部ダメってのはね。たとえばオカマっていう言葉を言い合えるアタシたち独自の信頼関係まで、周りの人から勝手にアウト判定されるのは寂しいわね。無差別に言葉狩りをされてるみたいでイヤ。アタシとおまえには二人で積み上げてきた信頼があるのにさ」

「トリケラさん、俺とのことをそんな風に思ってくれてるんだ……」

二人の間にちょっと気恥ずかしい雰囲気が漂う。場を取り繕うようにトリケラさんは「〝如来〟はダメだな。悟り開いてるせいなのか全員マグロだな。この顔はやってもつまんないぞ」と仏にダメ出しを始める。

「さっきまで良いこと言ってたのに、めちゃくちゃ失礼なこと言ってる」

「細目の人って性欲が強いイメージあるんだけど、如来の顔はダメだな〜。マグロ顔だ」

「そういう欲を超越したからこんな顔してんじゃない」

「じゃあ〝菩薩〟に絞って探すか。まだ悟り開いてないんだろ？　きっと最後に残ってんのは性欲だな。だからこんなエロい体つきしてんだろ」

オカマにかかれば〝如来〟も〝菩薩〟も形無しだ。

それから探し続けること小一時間、ようやくお互いのイチ押しが決定した。くびれを重視する私は、平等院鳳凰堂《びょうどういんほうおうどう》に祀《まつ》られている〝満月菩薩《まんがつぼさつ》〟のなめらかなボディラインが気に入った。一方、セクシーさを重視するトリケラさんは、チベット仏教の〝白多羅菩薩《しろたらぼさつ》〟というめちゃくちゃエロい菩薩を発見した。胸とお尻はプリンと実り、お腹はキュッとへこんだナイスバディ。男を誘うかのような怪しい微笑み。満月菩薩が持っていない大人の色気を白多羅菩薩はこれでもかと兼ね備えていた。

参った。この勝負、私の負けのようだ。

「ＡＶも仏像もやっぱり洋物よね」とトリケラさんは満足そうに頷いた。

「で、おまえはこれをどういうふうにオカズに使うんだよ」

トリケラさんの問いに対し、私は脳味噌をフル回転して答える。

「妄想しかないでしょ。菩薩は感じてきちゃうと体が点滅するって設定にしよう。『全然気持ちよくないもん！』とか強がりを言いながらも菩薩の体はピカピカと光り出すわけ。嫌よ嫌よも好きのうちって感じ。それで俺がチンコを入れさせていただいた瞬間に、エクスタシーに達した菩薩は『イク〜〜〜!!』ってなるの。で、イッたときはピカ〜〜〜〜!って地球を覆いつくすぐらいのまばゆい黄金の光を放って、その光が地球上で起きている災害や困っている人を救う奇跡の光になるっていう感じでシコろうかな」

「出会って初めておまえのことを尊敬した。その妄想力使って早く小説書きゃいいのに」

「それとこれとは別、うまくいかないんだよね」

「人生ってそういう風にできているのよね」

「ま、とにかく今日のオカズは〝白多羅菩薩〟で決まったよ。ありがとう」

「じゃ、〝白多羅菩薩〟に乾杯ね」

もうすぐ夜明けがやってくる。今日は真っすぐ家に帰って〝白多羅菩薩〟でシコって寝よう。そして起きたら、新しい部屋によく似合うカーテンを買いに行こう。

十　坊主とオカマと三国志

激動の二〇一二年が明日で終わろうとしている。具体的に何が激動だったのかはよく覚えていない。

これまでの年末年始といえば、職場に泊まり込んでの徹夜仕事がお決まりだったが、事務方の現場に移った今年は、カレンダー通りに休みを取れそうだ。年末と正月を人間らしいスケジュールで過ごすのは久しぶりである。

年越しと初詣の準備で住職はバタバタしているのだろう。いつものパチンコ屋にもまったく姿を見せていない。今ぐらいはそっとしておこうと、朝の参拝も軽く済ませてサッと帰るように心がけている。

トリケラさんのお店には今日で三日連続入り浸っている。トリケラさんが歌う徳永英明《とくながひであき》の『レイニーブルー』も三日連続で聴いている。それなりに楽しいが、なんだか同じ一日を何度も繰り返しているようなむなしさもある。これで一年が終わるというのも寂しいなと思った私はちょっとしたアクションを起こすことにした。

「トリケラさん、明日、除夜の鐘を撞《つ》きに行かない？」

「は？」

「だから、年越しと初詣に一緒に行こうよって誘ってんのさ」

「行けるわけないだろ、普通にシフト入ってんだから。誘うならもっと前に誘えよな」

「いや、なんとなく思いついたから」

「普通にお店に来たらいいじゃん」

「そうなんだけど、久しぶりに人並の大晦日を過ごしてみたいなって」

「別れた彼女とは行かなかったの？」

「ほとんど俺が仕事だったからね。それに彼女は人の多い場所が苦手だったし」

トリケラさんは「う〜ん」とうなり声を上げて数分間悩んだ後「黒霧奢ってくれる？」とこちらに目配せをしてきた。「いいよ。ボトルも入れる」という私の返事に満足そうに頷き「オッケ、お店には遅れて出勤するわ」と喜びの表情を見せた。

「あ、でもおまえ、もしかして……」

「え？」

「〝鐘を撞く〟ってエッチな意味で言ってたりする？」

「何が悲しくて大晦日にトリケラさんのケツを掘らないといけないんだ」

「ほら、今年のケツは今年のうちにって言うじゃない」

「そんな言葉ないだろう」

憎まれ口を叩きながらも、私は心の中でガッツポーズを決めていた。トリケラさんと大晦日を過ごせるなんて！　でもそれよりも嬉しいのは、ついにトリケラさんと住職が運命の出会いを果たすことだった。

二〇一二年大晦日、時刻は二十二時を回ったところ。通い慣れたお寺の境内には、除夜の鐘を撞きに来た人たちが列をなしている。その真ん中辺りに私とトリケラさんは並んでいた。トリケラさんの今日のお召し物は、グレーのインバネスコートに鹿撃ち帽という英国紳士風の小洒落た出で立ちで、その横に小太り男の私が立っているものだから、周りからは、探偵シャーロックホームズとその助手ワトソンのような感じに見えていてもおかしくない。

「あ～、さむいさむい……やっぱり来るんじゃなかった……」

背中とお腹にホッカイロを貼り付けて万全の防寒対策をしてきたというのに、冷え性のトリケラさんは十二月の身を刺すような寒さにすっかりやられている。片や私も、行列に並ぶという行為自体が苦手なので、やけにピリピリとしたムードが二人の間に流れていた。

そんな緊張感を一気に和らげる「ああ！　これはこれは……よくおいでくださいました！」という聞き慣れた声。私たちの来訪に気付いた住職が、仕事の合間を縫って挨拶にきてくれたのだ。

　立場は違えども、失恋でボロボロだった私を今日まで支え続けてきてくれた〝オカマ〟と〝坊主〟がついにここに邂逅《かいこう》した。

「こいつがお世話になっている住職様ですか？　お噂はかねがね聞いてます。いつもこのバカをありがとうございます」

　なぜか、保護者のような口調でトリケラさんは深々と頭を下げる。

「ということは、あなたがあのトリケラさんでございますか。ずっとお会いしたかったんですよ」

「アタシなんてしがないオカマですから……、気楽にお願いしますね」

「それを言うなら私もただの坊主ですからねぇ。こちらこそ」

「今日はこいつの付き添いでお邪魔してます。一人で年越しするのが寂しいんですって。いい歳して情けない男ですよ」

「この人はとにかく寂しがり屋ですからねぇ。うちのお寺に来ても、まぁ、帰らない帰らない」

「住職、そういうときはすぐに通報してください。こいつは一回捕まったほうがいい」

　オカマと坊主、今日初めて会ったとは思えないほどに二人は意気投合している様子。大切な恩人同士が、自分の悪口をしゃべっている様子を見ているだけで、こっちも幸せな気分になってくる。

「住職、僕、除夜の鐘を撞くの生まれて初めてなんですよ。何か気を付けることってありますか？」

「難しいことは何もありません。鐘を撞く前に手を合わせて一礼。撞き終わった後に合掌して一礼。こんなところです。あと大切なのは、本堂でお参りする前に鐘を撞いてください。お参りしてから鐘を撞くことは〝戻り鐘〟といって縁起が悪いのですよ」

「じゃあこのまま先に鐘を鳴らします」

「でも、一番注意しないといけないのは、鐘を適度な強さで撞くことでしょうかね。お願いだから、必要以上に鐘を強く鳴らさないでくださいね」

パチンコ屋で「サム出てこい！　サム！　サム！　カモン！」とパチンコ台を強く叩き、店員に厳重注意されていた坊主には言われたくない台詞だ。

「ではバタバタしておりますので、またのちほど……」と住職は仕事に戻る。立ち去る前、トリケラさんには聞こえないぐらいの声で「この人なら大丈夫そうですね」と住職は私に耳打ちした。


あと三十分でハッピーニューイヤーとなったとき、鐘撞き堂のほうからお坊さんたちのお経をあげる声が聞こえてきた。背伸びをして様子を覗うと、住職がクソ真面目な顔でお勤めに励む姿が目に入った。あの坊主もやるときはやるもんだなぁと感心しつつ、パチンコを打っているときもまったく同じ顔をしているのを思い出してちょっと笑った。

ゴォォォン……グワァァァン
読経が終わるのと時を同じくして、釣り鐘の荘厳な音色が辺りに響き始めた。

人間が持っている煩悩の数と同じく一〇八回鳴らされる除夜の鐘。

その音に聞き入っているうちに、私は一人の尻軽女のことを思い出していた。巨大な釣り鐘を楽しそうに打ち鳴らす彼女と、その鐘を鳴らすことができなかった私。そんな二人の淡い恋物語だった。


彼女の名は裕美《ひろみ》。九州の大学に通っていた二十一歳の頃、出会い系サイトで知り合った人生で初めての彼女。一つ年下の美容学生で、オレンジやピンクといった蛍光色の服を好んで着るとにかく派手な女の子。絵に描いたような丸顔にキリッとした極太眉毛、『ウゴウゴルーガ』に出てくる〝ミカンせいじん〟そっくりのチャーミングなルックスと、竹を割ったようなハッキリとした性格の彼女に私はベタ惚れだった。

だが、そんな彼女は、実は生粋《きっすい》のヤリマンであり、家族ぐるみでカルト宗教にハマっている少し変わった女の子だったのだ。

裕美の信仰していたカルト宗教は、「毎朝五時に起きて吉方位に向かってお祈りをすること」「襖《ふすま》や障子《しょうじ》の敷居は何があっても踏まないこと」「人生は試されることの連続だと思いなさい」という三つの教えで成り立っていた。何を信じるか信じないかは個人の自由であるし、しつこい勧誘もしてこなかったので、この点はそれほど問題ではなかった。一番キツかったのは、度重なる自分の浮気を、これは「宗教上の試練だから許して欲しい」と懇願してくることだった。

なんやかんやでズルズルと付き合ったまま二年が経った頃、裕美からカルト宗教団体の総本山に誘われた。断るべきだと頭ではわかっているのに、『少林寺』シリーズをはじめとするカンフー映画を愛する私は「総本山」という言葉の魅力に抗うことができなかった。

日本全国に支部をもつようなメジャーな宗教ではないのに、私の目の前に現れた総本山は、大河ドラマに出てきそうな大きな城門を構えた立派な施設だった。「宗教って儲かるんだなぁ」と思いつつ足を踏み入れると、広大な敷地内には五重塔、祈禱《きとう》所、神殿などの建物が散見され、それぞれ目を見張る豪華な造りとなっていた。

「御本尊を見せてあげる」と、裕美は私の手を引っぱっていく。まるで遊園地に遊びに来ているようなハシャぎっぷりだ。大本堂では、百人を超える信者が祈りを捧げている最中だった。祭壇の中央に純白の賽銭《さいせん》箱が設置されており、その上に大きさにして三メートルはあろうかと思われる巨大な釣り鐘があった。どうやらあの鐘そのものが御本尊とされているらしい。

お布施を納めた後、鐘を「ゴーン……ゴーン……」と鳴らしていく信者たち。どうやら、お布施の額が高ければ高いほど鐘を多く鳴らせるシステムのようだ。

満面の笑みで鐘を撞く信者たちを見ていると、「私もあの鐘を鳴らしてみたい」という欲望が沸々と湧いてきた。「お試しで鐘を鳴らしたりできないの？」と問うと、「あなたはまだ済まされていないからダメ」と裕美にたしなめられてしまった。「済ます」とはいったい何なのだ。

「じゃ、私も行ってくる！」と、私をほったらかしにして裕美は信者たちの列に並ぶ。自分の番がやってきた裕美は「ゴーン……ゴーン……ゴーン」と三回鐘を鳴らした後、祭壇からこちらに手を振ってくれた。なんと素敵な笑顔だ。私と一緒にいるときにあんな笑顔を見せてくれたことなんて一度もないな。そうか、どんなに頑張っても、私はこの宗教よりもあいつを幸せにはできないんだ。そのことに気付かされた私は「よし、あと一回だけヤったら別れよう」と心に固く誓った。

裕美との思い出に浸っているうちに、私とトリケラさんの順番が回ってきた。あのとき鐘を撞くことを許されなかった私がついに鐘を……。なんとも感慨深い。いつの間にかコートを脱ぎ捨てて、やる気充分といったトリケラさんが声をかけてくる。

「アタシが先に撞くわ。あんたは後からよ」

「なんで？」

「オカマの後に撞く。まさにオカマを掘るってね」

「くだらねぇ、死ねよ」

辛辣な言葉を口にしながらも、一年の最後をくだらない会話で締めることができる幸せを私は噛みしめていた。

係の人から、撞木《しゅもく》を受け取るトリケラさん。ところが「思ったより重い！」となんともおぼつかない様子。後ろで待つ人たちに迷惑がかかるので、ここは二人で力を合わせて鐘を撞くことにする。

呼吸を合わせて「いっせーの！」で鐘を撞く。

ボォォォォ〜ン
鐘の中心部分をわずかに外したちょっと締まりのない音色が、私の住む街に鳴り響く。なんとも情けない音だが、こんな音こそ私たちにはふさわしい気もした。

無事に鐘も撞けたし、あとは初詣だと本堂に向かう途中で年が明けた。

私とトリケラさんは参拝客に甘酒を配っている住職のところに近づき、姿勢を正して新年の挨拶をする。

「あけましておめでとうございます。住職、トリケラさん」

「あけましておめでとう、今年もよろしくね〜ん」

「おめでとうございます。今年も何卒よろしくお願い致します」

住職とトリケラさんの顔をじっと見つめ、私は心の中で、『三国志』の桃園《とうえん》の誓いを思い出していた。劉備《りゅうび》・関羽《かんう》・張飛《ちょうひ》の三人が、義兄弟となる誓いを結び、生死を共にする宣言をする『三国志』の名場面だ。無理やり役に当てはめるならば、私が劉備玄徳、劉備を助ける将軍である関羽が住職様、豪快な猛将である張飛がトリケラさんといったところか。

「我ら三人、生まれし日、時は違えども兄弟の契りを結びしからは、心を同じくして助け合い、困窮する者たちを救わん。上は国家に報い、下は民を安んずることを誓う。同年、同月、同日に生まれることを得ずとも、同年、同月、同日に死せんことを願わん」

心の中で誓いの言葉を唱えながら、私は甘酒をクイッと飲み干した。願わくは、私とオカマと坊主のハチャメチャ三国志ができるだけ長く続くことを祈るばかりだ。

十一 「空《くう》！」と叫ぶ男

「不増不減《ふぞうふげん》の辺りで一回シコろう」

目標を明確に定めた私は、自室の長机の前に正座をして背筋をピンと伸ばす。ゆっくりと息を吐いた後、鼻から空気を深く吸い込む。この一連の動作を繰り返すうちに、心に一時《いっとき》の平穏が訪れる。深呼吸といえば、最初に息を吸い込むイメージが強いが、しっかりと息を吐いた後で空気を吸いこむのが正しい順番なのだ。先日、住職から教えてもらったから間違いない。

「まず体の中を空っぽにしてから、新しい空気を自然界より頂く」という考えに基づいているらしい。「人間とは生まれるときに息を吐き、死ぬときに息を吸う」といわれていることからも、「吐いてから吸う」という順番で息をするのが大切なのだ。

呼吸を整えた私は、両目を閉じて合掌。静かに目を開け、読み仮名がふられている音読用の紙を手に取り、おぼつかない声で般若心経《はんにゃしんぎょう》を唱え始める。

「仏説摩訶般若波羅蜜多心経《ぶっせつまかはんにゃはらみたしんぎょう》……」

漫画と本とＤＶＤが溢れる独身三十代男性の部屋の中に流れるお経の声。これはこれで、なかなか趣深い。子供の頃、葬式やら法事で何回か口にした記憶がある般若心経だが、久しぶりに読み上げてみると、なかなかうまく発音ができない。

「お経はね、別に聞き取れる必要はないんですよ。本当に大事なことはそんなことじゃない」

Ｊ-ＰＯＰの歌詞みたいな住職のアドバイス通り、私は自分のペースで三度般若心経を唱える。

「うん」

右手に筆ペンを握りしめた私は、お手本が薄く印字されている初心者用の写経用紙と向かい合う。般若心経の文字数は約二百六十字ほど、思っていたより多くはない。決して急ぐことなく自分のペースで一文字一文字丁寧に書いていく。とにかく、先ほど目標に立てた「不増不減」までは筆を進めよう。そこまで行けば一回シコれるのだから。

思い返せば、中学、高校、大学と、勉強をするときに集中力がまったく持続できないのが悩みの種だった。そこで私は、参考書や問題集に付箋《ふせん》をつけ、ここまで勉強を進めたら、自分へのご褒美として自慰ができるという独自の勉強法を編み出した。ただ付箋を付けるのも味気ないので、「雛形《ひながた》あきこ」「酒井若菜《さかいわかな》」「夕樹舞子《ゆうきまいこ》」という感じで、オカズに使わせていただく女性の名前を書き、「あと二ページで雛形あきこ！」と念じながら日夜勉学に勤《いそ》しんだものである。大人になった今も、私は学生時代から何も成長していないようだ。

最初のチェックポイントである「不増不減」まで筆を進めた私は、心地よい疲労感と共に自慰行為に入る。「緊張」のあとの「弛緩」が良い効果をもたらしているのか、普段よりも二割増しで気持ちいい。

さて、写経再開だ。第二チェックポイントは「菩提薩埵《ぼだいさった》」くらいにしておこう。「チュンチュン……チュンチュン……」と、スズメの鳴き声が裏庭に響き渡る三月の早朝、私は一人きりの部屋で自慰と写経にせっせと励んでいた。


二時間ほどかけて写経は終了。初めてにしてはまずまずの好タイムか。書き終えるまでに要した自慰の回数は二回。自慰のついでに写経をしていたような気もするがよしとしよう。何か大きなことを成し遂げたような達成感に包まれる私。これは癖になる。少し時間を置いてから今日中にもう一枚書き上げよう。

二〇一三年、東京。「物書きになる」という夢をもって上京して早十年。書き上げた作品はゼロ、構想すらゼロ。雑多な飯を食らい、肉欲に溺れ、インプットもアウトプットもしない自堕落な日々はいまだ継続中。

このままではいかんと住職に相談してみたところ「なんでもいいので書く習慣をつけることが必要ですね」と、〝写経〟を勧められたわけである。いかにも坊主が考えそうなことだが、いざやってみると、これがなかなかに楽しい。東京に出てきてようやく書き上げた作品、それが般若心経というのも皮肉なものだ。

　翌日、書き上げた写経用紙を手に、私は住職のもとへ。まるで百点満点の答案を親に見せたくてはしゃぐ子供のように、駆け足でお寺へと走った。

　住職、早く俺を褒めてくれ。


　冬というには生ぬるく、春というには肌寒い三月初旬の候、これでもかというくらい眉間に皺《しわ》を寄せ、住職は私の書いた般若心経を一文字一文字確かめている。なんて顔をしてやがるんだ。どこか不手際でもあっただろうか。

「私、やっちゃいけないことしてましたか？」

「いえいえ！　そもそも写経とは字の上手い下手はどうでもいいんですが……。それでも字体が違いすぎるところがあったもので。失礼ですが、本当にご自分で書きましたか？」

「え、そんな箇所ありました？　どこどこ？」

「ほら、ここ})とか、ここもそうですね。あ、でもこの辺りは非常に素晴らしい出来栄えですね」

「ああ……」

「どうしましたか？」

「そこは私がシコッた後に書いた文字ですね。シコッてスッキリしてるから落ち着いて綺麗な字を書けてるんだと思います」

「え？　どういうことですか？」

「怒らずに聞いてくださいね」

　私の自分の罪を包み隠さず告白した。

　住職の眉間に不機嫌な皺が何本も入っていく。

「そもそも写経とは、雑念を振り払い、心を無にしておこなうものなのですが……」

「申し訳ありません」

「人、心、物、この世のすべての物事は常に変化をしていくため、永遠なるものは存在しない。だが、いくら変化し、実体がないとしても、物事の核となる本質は存在する。目に見えるものに囚われず、本質に目をむけて生きていけ、というのが般若心経におけるもっとも大切な〝空《くう》〟の思想です」

「なるほど、なんかむなしいですね」

「そう、その人生の〝むなしさ〟とどう付き合っていけば人生が素晴らしいものになるかを仏教で学ぶのです」

「そんな大切なものを学んでいるのに、私は途中でシコったわけですね」

「まあ、そうですね」

「でも、自慰って終わったあとにむなしくなるから、ある意味〝空〟の行為ですかね」

「真面目な顔でそんなことを言ってきた人は初めてですよ」

「住職が〝空〟の思想とか教えるから、私、これからイクときに『空！』って叫んじゃうかもしれないです」

「……仏教用語で三昧《さんまい》と呼ばれるものがあります。雑念がまったくない状態でひとつの物事に集中し、心の安定を得ることを指します。あなたも三昧の境地を目指してみたらどうですか？」

「『釣り三昧』とか『すしざんまい』って言葉に使われているのと同じですか？」

「そうですね。あれらの言葉も三昧の意味が入っています」

「でも、すしざんまいの社長は、無の境地に達した人の顔じゃないですね」

「疲れてるだけでしょう」

「あ、でも、パチンコを打っているときの住職は三昧の境地に入ってますね。めちゃくちゃ集中してますもん。さすがだなぁ」

「……」


子供の頃、親父に頼み込んで一年間だけ進研ゼミをやったことがある。勉強をするのが目的ではなく、赤ペン先生とやり取りをしてみたかったのだ。

赤ペン先生とは、子供が毎月郵送で送る答案を採点してくれる先生のこと。ただ添削してくれるだけではなく、答案の通信欄で赤ペン先生と文通のような交流ができるのが売りだった。優しくしてくれる母親がおらず、親父に関してはどれだけいい点数を取っても一言も褒めてくれない。そんな私にとって赤ペン先生は憧れの存在だった。

最初こそ普通のやり取りをしていたのだが、次第に、私は赤ペン先生に悪態をつくようになる。どれだけひどいことを言っても赤ペン先生は私を見捨てずに返事をしてくれるのかを試してみたくなったのだ。

通信欄に「赤ペン先生のブス！」と悪口を書いたり、「うんこ」と書いたり、挙げ句の果てには味付け海苔を貼り付けて送るという暴挙に走った私。そんな私に愛想を尽かさず赤ペン先生は必ず返事をくれた。赤ペン先生は私にとってのお母さんだった。

この話を別れた彼女にしたら「そりゃ、仕事だから返事してただけでしょ。気持ち悪」と身も蓋もないことを言われた。そういうクールなところが好きだった。

今の私には、赤ペン先生も彼女も母親もいない。だが、こうして私の書いた写経を受け取ってくれる住職がいる。この人がいれば人生に〝むなしさ〟を感じることはない気がするのだが、釈迦よ、人生はそんなに甘くないのでしょうか？

俗に三月は別れの季節というけれど、三月のオカマバーはいつもと変わらぬ賑わいを見せている。最近、ウィッグをセミロングからショートボブに替えたトリケラさんも、今日もせっせと働いている。新しいウィッグは本田翼《ほんだつばさ》に寄せたつもりらしいが、どう見ても女芸人の田上《たのうえ》よしえにしか見えない。でも私は本田翼より田上よしえのほうがかわいいと思う男なのだ。

「アタシに『般若心経』は必要ないわ。〝人生のむなしさ〟なんて、オカマとして生きてきたこれまでで嫌っていうほど味わってるもの」

私から写経を勧められたトリケラさんは、そう言って自嘲《じちょう》気味に笑った。

「それにアタシ、写経よりも面白いもの書いてるのよ」

「漫画とか？」

「違う違う。アタシが書いてるのは、遺・言・書♪」

「死ぬときに書くやつ？」

「そ、アタシが死んだら、服とか化粧品はこの店のオカマちゃんにあげるとか、お金になりそうなアクセサリーは全部質屋にでも売って、それを親戚にあげてとかね」

「そんなの書いてて楽しいのかな」

「楽しいわよ。自分が死んだ後の世界がどうなるかを考えて書くの面白いじゃない？　あんたも作家になりたいんだったら、想像力働かせて書いてみなよ」

「うん、確かに」

「自分にとって本当に大切な人が誰なのかもよく考えてごらん。これが意外といないんだわ」

「……俺も少ないだろうな」

「アタシね、遺言書をね、毎年書いてるの。去年のやつと今年書いたやつを読み比べるのも楽しいわよ。この一年で自分の中の何が変わって、何が変わらなかったのか、よくわかるのよ」

「ちょっと面白そう。うん、やってみるよ」

「でもオカマの遺言書だから、家族には見せられないのよね。前にも言ったけど内緒でオカマやってるから。これも人生のむなしさね」

「そういうときは〝空〟だよ！　〝空〟！」

「住職の受け売りで偉そうにすんじゃないよ。あ、そういえばさ、最新版の遺言書には、おまえの名前も書いたよ」

「え！　そうなんだ……、誰かの遺言書に自分の名前があるのってなんだか嬉しいな」

「喜びすぎだろ。気持ち悪い」

「俺もトリケラさんの名前を書いてもいい？」

「おうおう、書け書け、全財産よこせや」

「じゃあアレあげるよ。俺の持ってる月の土地。知ってる？　アメリカの会社から三千円ぐらいで買えるんだよ」

「おまえ、そんな面白いもん持ってんのかよ！　詳しく聞かせろ」

これで今夜も朝までコース確定だ。とりあえずファジーネーブルのおかわりをいただこう。


次の休日、私は人生初の遺言書をしたためることにした。小説は書かないくせに写経や遺言書には、すぐに取り組めるバカ野郎である。

いろいろと思案した結果、私はまず次のような内容を記した。

「私が所有する月の土地はトリケラさんに、本とＤＶＤは全部金に換えて、住職のパチンコの軍資金にしてください」

なかなかいい一文ではないか。

さて、あとは親父に何を残そうか。そうだ。そんなことよりも、遺言書を書いたら誰でシコるか決めなければ。

まずはそれからだ。

十二　これがオカマの家族ゲーム

その女性は明らかに〝招かれざる客〟だった。

オカマバーの春の恒例行事である新宿御苑《しんじゆくぎょえん》でのお花見。常連客とお店のスタッフが総出で大騒ぎをする、年に一度のお楽しみだ。その場所取り役を決めるための「黒ひげ危機一髪」ゲームで店内が盛り上がっているとき、彼女は現れた。

「いらっしゃいませ、今ちょっと騒いでてごめんなさいね」と入口付近で応対したオカマを無視し、彼女は店の中へツカツカと足を踏み入れる。ピンクの派手なキャミソールを着た、見た目は女子大生ぐらいの若い女の子だ。

近所で働いてるお水関係の女の子かと思っていたら、その子はこの店一番の古株である、橋幸夫《はしゆきお》によく似た年配のオカマの前で立ち止まった。

「お父さん！　何やってんの！　帰るよ！」

もはや黒ひげどころではない。黒ひげ以上の危機に見舞われているオカマがそこにいる。すぐさま店長が間に入り、最悪の修羅場になることは回避された。日を置いて、お店、橋幸夫、ご家族での地獄の三者会談をするらしい。橋幸夫は精神的に参ってしまい、控室に籠ったきり出てこない。店内が重苦しい雰囲気に包まれる中、「一曲歌います！　気分を変えていきましょう！」とトリケラさんが選曲したのはB'zの『LOVE PHANTOM』だった。ここでこれを歌える根性と、ちゃんと場を盛り上げるそのスキルに感服した。今、トリケラさんは世界の誰よりもいかしたロックスターだった。

汗だくで戻ってきたトリケラさんは、気持ち良さそうにラムコークを飲み干すと『やっぱり困ったときはB'zだな！』と満足気だ。トリケラさんの呼吸が落ち着くのを待ってから、橋幸夫の様子を聞いてみた。

「さっきのオカマさん、大丈夫？」

「大丈夫なわけないでしょ。でもオカマやってたらどこかで身バレは覚悟してるはずよ」

「話し合いで少しでもいい方向にまとまるといいね」

「どうかね～。だいたい家族は『どういうことか説明して欲しい』って言うんだけど、こっちは説明のしようがないもんね。男が好きなだけだもん」

「……うん」

「それで『なんで？』って言われたらもうおしまいよね。自分でもなんで自分がこうなのか説明できないんだもん」

「……」

「ああやって家族が店に来ることってたまにあるのよ。奥さんが来ることが多いんだけどね。娘さんはちょっと見てきつかったわ」

「親子はね。きついだろうな」

「ね、もし、おまえの親父さんがオカマだったらどうする？」

「あいつが？　あんなＤＶ野郎がねぇ。う～ん、別に嫌ではないかな」

「へぇ、理解あるじゃん」

「昔は怖かったけど、俺が中学生のときに親父は当て逃げで捕まってさ。それで一回人生ドボンしてからは大変そうだったから。別に男が好きなら好きでいいから楽しく生きて欲しいかな」

「おまえもいつか子供を作って家族を養っていかなきゃね」

「俺はそういう気持ちはないんだよ」

「何で？　まだ失恋引きずってんの？」

「違う違う。子供を持つのが怖いんだよ。もしかしたら親父が俺にしたようなスパルタ教育をするかもしれないし、逆に反面教師にして子供を甘やかしてヤバいガキを育てちゃうかもしれない。どっちにしてもうまくいかなそうで怖いんだよ」

「子供を産みたくても産めないことで悩むオカマもいれば、あんたみたいな理由で子供を怖がる人もいる。人生いろいろあるねぇ」

「本当そうだねぇ……」

「そうだ、今度の日曜日にいいとこ連れてってやるよ。アタシの家族に会わせてやる」

「家族？　トリケラさんのお母さんに？」

「バカ、そうじゃない。かといってペットでもないよ。まぁ楽しみにしときなよ」

「〝オカマの家族〟か……」

「さ、おまえも一曲歌ってこいよ、いつもいつも辛気臭い歌謡曲ばっか歌ってんじゃないわよ。今夜はB，z縛りだ！」

トリケラさんの迫力に負けて、私は『ｌｏｖｅ ｍｅ，Ｉ ｌｏｖｅ ｙｏｕ』をリクエスト。今夜も長い闘いになりそうだ。


行きつけのパチンコ屋へと続く一本道、その傍らに咲いているサクラは五分咲きといったところか。春夏秋冬、季節を問わずパチンコを打ち続けている私だが、麗《うら》らかな春、はじまりの春、出会いの春に打つパチンコは他の季節よりもどこか背徳感があってゾクゾクする。

今日も私は住職と肩を並べてパチンコに興じる。本日打っているのは新台『ＣＲ不思議のダンジョン 風来のシレン』、大人気ＴＶゲームがついにパチンコに。『風来のシレン』の大ファンだった私は、シレンがいかに素晴らしいゲームなのか、それを作ったゲームクリエイターは中村光一《なかむらこういち》といって、私と同じ香川県出身であること、外伝の『女剣士アスカ見参！』

が一番の名作であること、アスカというのは、私の別れた彼女と同じ名前であることなど、聞かれてもいないことをペラペラと話し続けていた。

「そんなことよりも、最近何か面白いことはないんですか？」

興味のない話ばかり聞かされて、いささか嫌気が差したと見える住職は冷たくそう言い放つ。

「ありますよ。今度トリケラさんの家族に会うんですよ」

「ええっ！」

珍しく大声を出して住職が驚いたので、私も思わずビクッとしてしまう。

「急展開じゃありませんか。いつの間にそういう仲になったのですか？」

「違います。それに本当の家族じゃないみたいなんですよ」

「本当の家族じゃない？」

「トリケラさん、何か変なこと考えてるんじゃないかなぁ。不安です」

「あの人はあなたにひどいことはしないと思いますけどね」

「そうだといいんですけど。あ、住職、その予告激熱ですよ」

「おおお！」

今日の住職はやけに五月蠅《うるさ》い。

住職の大当たりが落ち着くのを待って、普段あまり聞かない住職のプライベートに切り込んでみた。

「そういえば住職のご家族は最近どうなんですか？」

「どうとは？　可もなく不可もなくですよ」

「息子さんって何歳でしたっけ」

「もう二十五歳になりますかねぇ」

「ご家族の写真見せてくださいよ」

「……」

質問には答えず、住職は口にくわえたタバコに火をつけた。

「住職、しつこく聞いてすみませんでした」

「いや、こちらこそ」

しばしの間、お互い無言でパチンコに集中する。こんな気まずいときにかぎって私の台は
大当たりを連発する。いつだってパチンコは空気を読まない。

「……実はですね」と住職が重い口を開いた。

「私、結構前に離婚してるんですよ」

「えっ……」

「なかなか言い出せなくて申し訳ありません」

「でも夫婦仲は円満だって前に……」

「嘘をついてすみません」

「これぐらいのことじゃ怒らないし、嫌いにはなりませんよ」

「……」

「住職、ちょっとコーヒー飲みましょ」

私たちは店内の休憩スペースに移動して、椅子に座ってひとやすみをすることに。嘘がバレた罪滅ぼしのつもりか、住職は私に缶コーヒーを奢ってくれた。

「息子は妻のほうについて行きましてね」

そして聞いてもいないのに子供のことをしゃべり出した。

「息子は仏門とは別の道を選びました。いや、妻が選ばせたのですかねえ。まあ跡取りは親戚にあてがあるので大丈夫なんですが」

「直球で聞きますけど、原因ってパチンコですか？」

「どうでしょう。人の付き合いにはいろいろ問題ありますから。でも」

「でも？」

「自分の性格や他の問題が別れた原因じゃなくて、パチンコを理由にしたいから、私はずっとパチンコを打ち続けているのかもしれませんねぇ」

「……むなしいですね。〝空〟ですね。〝諸行無常〟だ」

「ははは、まさにそうですね」

「もしかして、私に息子さんの姿をダブらせて……」

「それは断じてないです」

　二年ほど前、このパチンコ屋で住職と初めて出会ったとき、恋人にフラれたばかりの私は独りぼっちだった。だから甘えた。でもあのとき、住職も独りぼっちだったのか。そんなことはどうでもいい。もう私も住職も孤独じゃない。少なくともこのパチンコ屋の中では。

「行きますか」

「はい、戻りましょう」

　私と住職は再びパチンコ台に向き直る。住職、これからもできるだけあなたの隣でパチンコ打つんで、元気出してくださいねと私は胸の中でそうつぶやいた。


　約束の日曜日。『料理の鉄人』の解説でおなじみ服部《はっとり》栄養専門学校の服部校長がよく着ている人民服風のスーツを身にまとったトリケラさんと私が向かったのは、近所の区民体育館だった。今日は少年剣道大会が開かれているようだ。

「ここにトリケラさんの家族がいるの？」

「そ、かりそめの家族がね。今から〝家族ごっこ〟よ」

「は？　〝家族ごっこ〟？」

　促されるまま、私は会場の中へと進む。知り合いがいないのに大丈夫かと思ったが、今日の大会は見学自由らしく、とくにお咎《とが》めなく会場内へ。「見学自由じゃなくてもチケット買えばだいたいの大会は入れるけどな」とトリケラさん。

私たちは、会場全体を見渡せる二階席に陣取った。剣道に打ち込む子供たちのひたむきな姿。声を嗄《か》らさんばかりの大声で我が子を応援する家族たち。ここから見える景色は、寂しい一人暮らしの私には、なかなかお目にかかれないまばゆい光景だ。

「なぁ、おまえはどの子にする？」

トリケラさんは私の肩に手を置き、優しい声で言った。

「どの子って？」

「だから、どの子を自分の子供ってことにするの？」

「あぁ、はいはい、そうやって妄想して遊ぶわけね」

「そ、これがアタシがたまにやってる〝家族ごっこ〟よ。結構クセになるのよ」

「へぇ……いろいろ面白い遊び考えるね」

「アタシはあの角刈りの子にするわ。角刈りってやっぱり男らしくて素敵でしょ。名札は……見えた。泉《いずみ》くんね」

「じゃあ俺は、あのひょろっと背の高い子……。名前は沢田《さわだ》くんだね」

「あんなもやしっこが息子で本当にいいのかい？」

「あいつ、芯が強そうな目をしてるからね」

「ははは、見てるとこは見てるのね」

不思議だ。

ちょっとした遊びのはずが、いざ自分の息子の試合になると熱のこもった応援をしてしまう。何度も大声で「頑張れ！」と叫ぶ私とトリケラさん。残念ながら、泉くんも沢田くんも予選で敗退してしまった。この大会に懸けていた様子の泉くんは、負けた瞬間に、周りを気にせず大声で泣き出してしまった。泉くんのお父さんが息子を抱きしめているとき、かりそめの親であるトリケラさんもボロボロ泣いていた。この人はこんな優しい顔で泣くんだなと思っているうちに、私も思わずもらい泣きしてしまった。

決勝戦が始まるまでの空き時間、喫煙所でタバコを吸っていると、すっかり目を腫らしたトリケラさんが真面目な顔で私に言う。

「いやぁ、泣いちゃったよ。恥ずかしい」

「トリケラさんが泣くの初めて見たよ」

「こういう場所だと泣いちゃうの。子供を見てると素直に泣けるからいいわよね」

「うん、俺も泣いちゃった」

「どう、やっぱり子供欲しくなったんじゃない？」

「いや、そこまでは思えないかな。この家族ごっこでも充分かも」

「寂しいこと言うなよ。アタシと違っておまえは可能性があるんだからさ。簡単に諦めんなよ」

「いいこと考えた。日本だとたぶん無理だけどさ。外国の子供を養子にするのはできるんじゃない？」

「東南アジアとかならできるかもね。日本より審査も簡単だろうし、物価も違うしね」

「誰か養子にしてさ、トリケラさんと俺の子供として育てようよ」

「なに言ってんだ。子供はおもちゃじゃねえぞ。ふざけんな」

そう言いながらも、トリケラさんはどこか嬉しそうな顔をしている。自分が結構大胆なことを言ってしまったことに気付いた私は、照れ隠しに「次の決勝戦、どっちが勝つか賭けようぜ」と提案する。

「乗った。負けたほうが晩飯奢りね。ねぎしの牛タン三種盛り定食賭けようぜ」とトリケラさんは舌を出す。

子供を賭けの対象にする人でなし。どうやら、二人とも人の親になるには、人としての修行が足りないようだ。

十三　住職、最後のギャンブル

寺の境内から見える民家の庭先で、腰の曲がったお爺さんが、おぼつかない手つきで鯉《こい》のぼりの取り付け作業をしている。おそらく、かわいい孫の端午《たんご》の節句を祝うためだろう。そんな微笑ましい光景を眺めていると、「わたくし、パチンコを卒業しようと思っております」と、隣にいた住職が、突然パチンコからの卒業を宣言した。

パチンコ中毒者とは、何度も〝パチンコ卒業〟を宣言しては、そのたびに失敗を繰り返す生き物だ。七回引退して七回現役復帰をしたプロレスラー大仁田厚《おおにたあつし》ぐらい信用ができない。住職もまた然《しか》り。私が覚えている限りで、住職のパチンコ卒業宣言はこれで三回目。間違いなく今回も失敗するだろう。

「何を言いたいのかわかってますよ。でも、今回は本気です。早ければ、来月の初めからギャンブル依存症の入院治療を受けようと思っています」

「え、入院って？」

「二ヶ月ほど入院して依存症克服プログラムに取り組んでみようかと」

「二ヶ月も？　でも、住職って借金とかないでしょ？　生活に支障のない範囲でパチンコを楽しんでるじゃないですか」

「そうですね。そこまで大きな問題は起きておりません」

「仕事上まずくなりましたか？」

「私よりもひどいことをしている坊主を何人も知っておりますので、それはないです」

「じゃあ、なんで？」

「この前、あなたに家族のことを話したからかもしれませんねぇ。いい加減私もちゃんとしようかなと」

自分一人で大きな決断をした住職の背中を押してあげなければ。それはよくわかっている。だが、住職と並んでパチンコを打つとき、陰鬱とした店内で、私と住職が座っている席だけが日当たりのいい縁側のようにポカポカしていたことを思い出すと、あの心地いい時間が無くなるのが私は悲しかった。

でも、この世は人も物も考え方もすべてうつろいゆくものだ。永久不変のものなどありはしない。〝諸行無常〟であり〝空〟である。住職だって変わってゆく。今まで教えてもらった仏教の教えを今こそ活かそう。私が一番の理解者になってあげなければ。

「あれですか？　天井も壁も床も白一色の部屋に入るんですかね？」

「それはどうなんでしょうね。私にはわかりません」

「寺の坊主が真っ白の部屋にいるの似合いますね。いかにも修行じゃないですか」

「他の入院患者様の迷惑にならないといいですが」

「いじめには注意してくださいね。俺が同じ入院患者なら、寺の坊主がギャンブル中毒なんて知ったら、絶対バカにします」

「さっきから私のこと面白がってますよね」

「当たり前じゃないですか」

いつの間にか風が止んでいた。先ほどまで、勢いよく空を泳いでいた鯉のぼりたちが、死んだ魚のようにしなだれている。

「入院する前に何かしたいことないですか。できるだけ力になりますよ。人の金で死ぬほどパチンコ打ちたいとか、風俗に行きたいとか、なにかありませんか？」

「そう言ってくださるだけでも嬉しいですね。そうですね。何かありますかね……あっ」

「何かありました？」

「競馬場に行ってみたいです。昔、場外馬券売り場には行ったんですが、実は競馬場観戦は一度もしたことがないのですよ」

「いいですね！　僕も二回ぐらいしか行ったことないので面白そう。ちょうど今の時期だと春のGⅠ《ジーワン》レースやってますね。じゃあ今度の日本ダービー一緒に行きませんか？」

「ダービー！　いいですね。そういう大きなレースってどれぐらいの人が来られるんですか？」

「東京競馬場に十万人を超える観客が来るって聞いたことありますよ」

「十万！　恐ろしいですね」

「会場のそこらじゅうに人間の汚らわしい欲望がうずまいてますよ」

「ここ最近で一番ワクワクしてきましたよ、私」

こうして、私と住職の初めてのお出かけが決まった。その場所が競馬場というのがなんとも最高だ。


二〇一三年五月二十六日、五月晴れの日曜日、私と住職は、電車を乗り継いで、はるばる府中市《ふちゆう》にある東京競馬場にやってきた。正式名称は「東京優駿《とうきょうゆうしゅん》」、このレースを制することは、競馬に関わるすべての関係者の憧れとまで言われる競馬の祭典の開催日。

さすがダービーということで、開場前から辺りはとんでもない人だかり。ファンの中には、前日から泊まり込みで現場に来ている人もいる。入場ゲートをくぐり、会場を一望できるスタンド席に来たところで、住職は「ううむ！」と感嘆の声を上げた。目の前に広がるのは緑の芝、芝、芝。もう緑の絨毯《じゆうたん》と言ってもいい。天気が良いことも手伝って、その色鮮やかさがさらに増している。今までの人生で一番綺麗な緑色が競馬場にあった。そしてその先にはうっすらと富士山も拝めるのだから、住職がうなり声を上げてしまう気持ちもわかる。「富士山を見ながらギャンブルができるなんて、ここは幸せな場所ですね」という私の言葉に、住職は何度も深く頷いていた。

パチンコ屋で見かけるときの住職は、基本はサンダルに、ポロシャツ、ジーンズというラフな恰好が多かったのだが、今日はお出かけということもあり、よそ行き用のファッションで身を固めていた。少し派手めの柄シャツとジーンズ、日差しが強かったこともあり、キャップとサングラスを着用した住職は、『トゥナイト2』でおなじみの山本監督《やまもと》そのものであった。

東京競馬場は〝競馬場〟というより〝アミューズメントパーク〟というのがしっくりくる場所だ。競馬施設だけではなく、博物館、日本庭園、子供用のアスレチックまで整備されている。飲食関係もラーメン、タコ焼き、ケンタッキーに喫茶店と、種類豊富なフードコートが用意されており、地方の廃《すた》れたショッピングモールよりも充実している。その結果、競馬好きのおっさんだけではなく、家族連れやカップルで来ているお客さんが驚くほど多い。

人混みにあたふたしている住職の背中を押して内馬場《うちばば》方面へと急ぐ。内馬場とは、コースの内側にある芝生スペースのこと。競走馬が走り抜けていく様子を間近で見られるのに加え、芝生に座ってピクニック気分でくつろげる人気スポットである。

売店で生ビールと唐揚げを購入した私たちはひとまず乾杯。そのまま芝生の上に寝転がり

「ぷはぁ！」と情けない声を出す。日曜の朝っぱらから酒をかっくらい、お天道様の下で大の字になる。こんなにも自堕落で最高な瞬間があるだろうか。

いつもは綺麗な座禅を組んでお勤めをしている住職が、そこらへんの酔っ払いと同じようなだらしない恰好をしている。それが何よりも嬉しい。上機嫌になった私は、「今度は僕がご馳走しますよ」と、二杯目の生ビールを買いに行く。早くも顔が真っ赤っかの住職は「この世に極楽があるとしたらパチンコ屋と競馬場ですね」ととんでもないことを口走る。

「ドドドドッ！」

どうやら第一レースがスタートしたみたいだ。けたたましい音を立てて駆け抜けていく競走馬たち。その迫力に「うわぁ！」と大袈裟に驚く住職。本日の住職のリアクションは素晴らしい。もしこの人が一緒に競馬場デートに来た彼女だったとしたら、百点満点の反応である。

朝早くに出発した疲れと、お酒を飲んだほろ酔い気分と、あたたかい太陽の日差しが良い感じにブレンドされてなんとも心地いい。このまま何もしゃべらずにいると確実に眠ってしまう。私はずっと聞きたかったことを酔いにまかせて口にする。

「あの、住職って、なんでパチンコ始めたんですか？」

「ひとことで言えば〝反発〟だったと思います。寺の一人息子として生まれた私は、仏門に入ることが義務付けられていました。強制ではないですけどね。子供の頃から親からのそういうプレッシャーを感じながら生きてきたんです」

「中学のクラスメイトに寺の息子がいたんですけど、でっかい家に住んでるし、金持ちだからＴＶゲームをたくさん持ってて羨ましかったですよ」

「他人から見るとそう見えるのですかね。でも寺は怖いんですよ。家がやけに広いし、夜のお堂とかお化け出そうだし」

「そっか、お寺にずっと住んでますもんね」

「親父との距離感も大変でした。親子でもありますし、仏の道では師匠にあたりますからね。あまり子供として扱われたことはなかったですね」

「そうなんですか？　じゃあうちと同じようなものですね。うちも小さい頃からスパルタ教育受けてたんで、親父というより師匠、隊長って感じでしたよ」

「確かに似ていますね」

「仏の道に入ったことに後悔はないんですか？」

「後悔はないですね。仏教は学べば学ぶほど面白いですし。つらかったのは、仏の道を知っていくと、いかに親父が仏の教えに背いた行動をしているかがわかることですね」

「ははは、それは確かにしんどいな」

「はい、なのでそんな親父への反発として、パチンコに手を出したら、親父と同じように道を外れた坊主になってしまいました。そうしたら親父を少し好きになりましたね」

「それも同じですね。大人になったら親父のことを尊敬できるようになりました。素直に伝えられないですけどね」

「すべては時がうつろいゆくままにですから」

「良い話っぽくなってますけど、ここ競馬場なんで競馬しましょう」

「そうしましょう、そうしましょう」


私と住職はすっくと立ち上がり、馬券売り場へと足を踏み入れる。まずは形から入ろうということで競馬新聞と缶ビールを購入。赤のサインペンで出馬表に必要以上に丸印をつけてキャッキャッと騒ぐ。お互いに競馬の知識は皆無なので、難しいことは考えず、フィーリングで馬券を購入。自分が賭けた馬に声が嗄れんばかりの声援を送り、馬を操るジョッキーには「ちゃんとやらんかい！」と檄《げき》を飛ばす。初めての競馬場とは思えないほど、住職は場の雰囲気になじんでいた。

時刻は十五時、本日のメインレース「日本ダービー」の出走時間が近づいてくると、場内は異様な雰囲気に包まれ始める。先ほどアナウンスされた入場者数はなんと十三万人を超えていた。スタンドを真っ黒に埋め尽くした観客たちは、己の運命を託した競走馬たちに祈りを捧げている。

私たちも無事に馬券を購入。スタンド席に陣取り、準備万端だ。日本ダービーに関しては、でっかい夢を掴もうぜということで、二人とも大穴狙いの万馬券のみでの大勝負。レース開始を告げるファンファーレが高らかに鳴り響き、十三万人の心が今、ひとつになる。その雰囲気に感極まったと見える住職が「今日は一緒に来てくれて本当にありがとう！」と藪《やぶ》から棒に感謝の気持ちを口にする。「こちらこそいつもありがとうございます！」と私と住職は固い握手を交わす。ゲートが開き、ついにレースがスタート。あまりの興奮で、その後の二分二十四秒間のことはよく覚えていない。ただ、ゴール前の最後のストレートで、武豊《たけゆたか》が騎乗する〝キズナ〟が大外から突っ込んできた瞬間、私と住職は手に持っていた競馬新聞と外れ馬券を高く、高く空に放り投げていた。


競馬場帰り、私たちはトリケラさんの店に立ち寄った。住職がこの店に来るのはこれが初めてだ。今日は、勝ったら〝祝勝会〟、負けたら〝ちくしょう会〟をすることをあらかじめ決めていたのだ。長時間太陽の下にさらされ、真っ赤に日焼けした私たちを見て、トリケラさんはずっと笑っていた。

競馬場で飲んだのも含めると、もう何杯目なのかわからない生ビールを飲み干し、住職は大声で叫び出す。

「私は入院をやめます！　今日でよくわかった！　ギャンブルはやめられない！」

「そうだ！　ハゲ！　よく言った」とトリケラさんと私は拍手を送る。

「私はギャンブルが好きというより、こうやって一緒にギャンブルを楽しめる人を探してただけかもしれませんね」

「……住職、それは僕も一緒ですよ」

「あら、オカマだけ仲間外れにするのはナシよ」

今度はこの三人でどこか遠くに行きたい。潮干狩りなんてどうだろうか。私は潮干狩りと回転寿司だけは大好きな人としか行きたくないのだ。いや、回転寿司は一人が一番気楽だな。

この日の私たちの予想がどういう結果になったのかは、私とオカマと住職だけの秘密である。ひとことだけ言うのなら「ファッキン武豊」ということだ。

十四　史上最悪のお遍路さん

二〇一三年九月、トリケラさんがいなくなった。

「自分自身を見つめ直す時間が欲しい」なんてありがちな理由で、十年以上勤務したオカマバーを突然辞めてしまったのだ。

私への挨拶は何もなかった。

店を辞める前日、最後に交わした会話は、「ダンディ坂野《さかの》の『ゲッツ！』はもはや歴史に残るスタンダードになった。その事実に気付いていていない人たちが多すぎる」という内容だった。


私に〝女装〟と〝化粧〟の素晴らしさを教えてくれたオカマ。

私の新居探しに付き合い、内見まで一緒に行ってくれたおせっかいなオカマ。

一緒に除夜の鐘を撞き、一緒に初詣に行ったオカマ。

近所の子供を自分の息子だと思い込み、家族を持てぬ寂しさを紛らわしているオカマ。

頻繁にお遊びの遺言書を書き、毎年クリスマスに死にたくなると嘘をつくオカマ。

そして、人生のどん底にいた私を救ってくれたオカマ。

まだ二年とちょっとの付き合いとはいえ、トリケラさんと私は、非常に濃密な時間を過ごしてきたはずだ。それに、そこそこの太客である私にサヨナラも言わないなんてあまりにひどすぎる。とてもじゃないが〝諸行無常〟のひとことでは片付けられるわけがない。

実は時期を同じくして、長年お世話になったＷｅｂ制作会社を退職した。私を拾ってくれた社長が不慮の事故で亡くなってしまったのが一番の理由だが、思い切って仕事を辞めようと思えたのは、自分にはトリケラさんと住職が居てくれるという安心感からだった。それなのに、あいつは黙っていなくなってしまった。


このまま何もしないで終わるのは嫌だ。とりあえずＬＩＮＥで連絡を取ってみよう。だが、いざメッセージを送ろうとしても、何を書けばいいのかわからない。「大丈夫？」と素直に心配するのは恥ずかしい。一度文句を書き出すと、ダムが決壊するように思いのすべてが暴走してしまいそうで怖かった。

「ポッ！　ポッ！　ポポッ！　ポポポッ！」

悩んだ末に、私はトリケラさんの大好物である天丼のスタンプを連続で送りつけることにした。あの人なら、このスタンプに込められた私のさまざまな感情を理解してくれるはずだ。

「え……？」

驚くほどあっさりと既読マークが付いた。生存確認完了。LINEをブロックされていないことにホッと胸を撫で下ろすと同時に、トリケラさんへの怒りが湧き上がってきた私は、さらにスタンプを連打し天丼爆弾を投下する。どうだ参ったかと勝ち誇りつつ、返事を今か今かと待ちわびる。だが既読は付くものの反応はなし。勝手にいなくなっておいて、今度は既読スルーかよ。憤慨した私は、再度天丼爆弾を五十個ほど投下し、ヤケ酒をあおって、その夜は不貞寝《ふてね》を決め込んだ。

翌朝目覚めると、トリケラさんからハンバーグのスタンプが百個ぐらい届いていた。ハンバーグは私の大好物だ。どうやら言葉のやり取りは不可能らしいが、天丼とハンバーグによるコミュニケーションはできるようである。

人生には誰にでもそっとしておいて欲しいときがある。トリケラさんにとっては今がそうなのだろう。それは重々わかっているのだが、甘えん坊の私は、聞き分けのない子供のように、次の日もその次の日も天丼を大量に送りつけた。さすがにブロックされるかなと心配したが、トリケラさんは、私が送った個数と同じ分だけのハンバーグを返してきた。

「トリケラさんの悩みを聞かせてくれよ」なんて野暮なことを言うつもりはない。私のような若造に、ベテランのオカマの苦しみを受け止める度量がないことは、自分自身が痛いほどわかっている。一日一個だけでもいい。私が天丼を送ったら、ハンバーグを送り返して欲しい。そのやり取りだけで、私は頑張って生きてみせるから。そして、あなたが望むのなら、いつかあなたから卒業してみせます。だから、もう少しだけあなたに甘えさせてください。

天井とハンバーグのやり取りが始まってから三ヶ月、今年もまたクリスマスがやってきた。この日を迎えるたびに思い出す言葉がある。

「知ってる？　クリスマスに自殺するオカマって多いのよ。どうせ死ぬのなら聖なる日に死んで天国に行きたいじゃない？　とくに私たちみたいなオカマはね」

出会ったばかりの頃、トリケラさんが私についた嘘である。冗談だとわかっているのに、クリスマスが近づくたび、本当にトリケラさんが死ぬんじゃないかと不安で胸がいっぱいになる。

でも、今の私にできることはひとつだけ。天井を送るのみ。

クリスマスイブの夜、いつものようにスタンプを送ると、ほどなくして天井の横に〝既読〟の二文字が星のように輝いた。よかった。今年のクリスマスも私の大好きなオカマは生きている。安心して布団に入ろうとしたとき、骨付きチキンのスタンプが返って来た。いつものハンバーグじゃない。そうか、このチキンが「メリークリスマス」のつもりなんだな。そのチキンを指で何度もいとおしく撫でた後、私からはケーキのスタンプを送った。トリケラさんの大好物のイチゴのショートケーキだ。

「メリークリスマス、トリケラさん」

そう口にしながら、これがトリケラさんとの最後のクリスマスになりそうな、そんな予感もしていた。


十二月中旬、年越し準備で慌ただしい街を通りぬけ、今年最後の写経を納めるために住職のもとを訪ねた。トリケラさんが姿を消してからというもの、暇つぶし程度に続けていた写経に真剣に取り組むようになった。集中して般若心経を書いているときだけは、寂しい気持ちを忘れることができるからだ。年越し行事の準備が終わり、ホッと一息ついている様子の住職に写経の添削をお願いする。

「これはこれは……今までのものとは一味違いますね。素晴らしい」

「そんなに違います？」

「文字に魂が宿っています。すべての文字に統一性もありますしね」

「今回なんですけど、途中で自慰をしないで書き上げたんです。一気に書き切ったのは初めてです」

「すごいことを成し遂げたみたいに言ってますけど、それが普通ですから」

「もっと褒めてくださいよ」

「ダメです。新しいお仕事は見つかりましたか？」

「失業保険と貯金で食いつないでます。でもそろそろ働かないとね」

「もしくはギャンブルで一発当てるかですね」

「仏に仕える人の発言とは思えないですね。まあいいや、年明けの競馬の予想しましょ」

「ええ、ネットで馬券が買えるなんて便利な世の中です」

日本ダービーを観戦して以来、住職はパチンコにくわえて競馬にもご執心である。こうなった原因は私にあるので、ギャンブル地獄の果てまでお供するつもりだ。

トリケラさんがいなくなったことは、住職にはサラッとしか説明していない。私が何か言わない限り、住職もこのことを話題にすることはなかった。お目当てのオカマがいなくなったことで、急に顔を出さなくなるのは失礼だと思い、トリケラさんが働いていたオカマバーにも足を運んでいたが、その回数は徐々に少なくなっていた。

冬の木枯らしが吹きつける中、本堂の脇のいつものベンチに座り、スポーツ新聞片手に競馬予想に励む私たち。トリケラさんと同じように、住職との時間もいつまで続くかわからない。一分一秒を大切に過ごさねば。それがトリケラさんの失踪から私が学んだことだった。

相も変わらず来年のレースでも大穴勝負をすることに決めた私たちは、手を振って笑顔で別れる。おそらく今年会うのはこれで最後かなと思い、境内を出る辺りで姿勢を正して住職に向き直る。

「住職！　じゃあ初詣で！　今年もお世話になりました」

「ええ、こちらこそ。お世話になりました」

お互いに両手を合わせて一礼。なんとも気持ちの良い挨拶だ。

そしてその日の夕方、私と住職はパチンコ屋で早すぎる再会を果たすことになる。

バカは死ななきゃ治らない。


オカマがいてもいなくても新しい年はやってくる。二〇一四年のお正月。オリジン弁当のおせちセットを食べすぎて新年早々部屋で寝込んでいた私のもとに思わぬ連絡が届く。

「おまえの実家の住所を教えろ」

トリケラさんからのLINEだった。スタンプではなく文字で送られてきた久しぶりのメッセージ。嬉しさと同時に、なぜ実家の住所が必要なのか一抹の不安を覚えたが、ここは素直に〝香川県……〟と番地までしっかり記入して送信。すると、いつも通りのハンバーグのスタンプで返信があった。また天丼とハンバーグのコミュニケーションに戻ってしまった。

まあいい、それよりも実家に連絡だ。トリケラさんのことだから、危害を及ぼすようなことはしないだろうが、念のため、親父にだけは電話をしておこう。

「どした。今年は帰ってくるんか。寒いから風邪には気を付けなあかんぞ。ワシも婆ちゃんも元気にしとるから心配せんでいい」

電話を取ってすぐに、ここまでの情報を一気に伝えてくるのはうちの親父だけだろう。

「いや、帰らへん。ごめんな。えとな、もしかしたら、女装をした男の人か、やけに女言葉を話す男の人がうちを訪ねてくるかもしれんのよ」

こんな失礼な表現でトリケラさんのことを説明したくないが、古いタイプの人間である親父にはこういう言い方をしないと伝わらない。

「その人は俺の大切な友達やねん。だから仲良くしてあげて。頼む。ほんまに頼む」

「……ようわからんけど、わかった。危ないことに巻き込まれてるとかではないんやな？」

「それは大丈夫、よろしくな、じゃ」

返事を待たずに私は通話を終了する。新年の挨拶を言い忘れたことに気付いたが、向こうも言わなかったのだから気にしない。

三日後、トリケラさんから連絡が来た。今度は一枚の写真が添付されている。

そこに写っているのは、私がよく知っている三人だった。

満面に笑みを浮かべる親父と祖母、そして不気味なウインクをするオカマ。トリケラさんは全身白装束に身を包み、頭には菅笠《すげがさ》、首に輪袈裟《わげさ》をかけ、両手に杖と数珠《じゅず》を持っている。

そう、これはいわゆる〝お遍路《へんろ》さん〟の恰好だ。もっとも唇は口紅で真っ赤に染まっており、そこだけは目に毒であった。

「お遍路」とは、弘法大師空海にゆかりのある、香川、徳島、愛媛、高知に所在する八十八カ所のお寺を巡る旅である。俗に「四国八十八カ所巡り」と呼ばれるものだ。お遍路の行程は全周で千キロをゆうに超える険しいものとなっている。それを二〜三ヶ月かけて歩いて回る「歩き遍路」にトリケラさんは挑戦していた。しかも、寒さと日没の早さにより、お遍路には一番つらい時期と言われている冬にである。相変わらず己に厳しいオカマだ。

　八十八カ所を巡る目的は人それぞれ違う。自分を見つめ直すため、先祖の供養のため、願い事を叶えるため。トリケラさんはいったいなんのためにお遍路の旅に出たのだろうか。

「四国八十八カ所巡り、番外編、おまえの家への巡礼終わり！」とＬＩＮＥを送ってきたトリケラさんに、私は思わず電話をかけた。

「トリケラさん、実家は困るよ。実家は」

「まずはお久しぶりですだろうが、元気にしてた？」

　およそ四ヶ月ぶりに聞くトリケラさんのなつかしい低音ボイスは、いつも以上に気持ち悪く、いつも以上に優しい声だった。

「親父、大丈夫だった？」

「前もって連絡してくれてたんだろ？　親父さんが『うわ、ほんまに来た！』って驚いてたよ。大丈夫、親父さんもお婆ちゃんも優しくしてくれたわ」

「よかった。で、なんでお遍路に行ってんの？」

「……いや、オカマである自分自身を見つめ直してみたくてさ。住職に相談したらお遍路を勧められてさ」

　あのクソ坊主、全部知っていたのに黙っていやがった。

「アタシから頼んで黙っててもらってたの。住職を恨むなよ」

「でもひとことぐらいあってもいいでしょうよ」

「そのほうがアタシのありがたみを思い知るかなってね」

「それで？　自分を見直せた？」

「うん、大丈夫。あ、あのさ、さすがにいつもの女装で参拝するのは他の人の迷惑かなって思ってやめたんだけどさ。悔しいじゃない？　女としての自分を隠して八十八カ所回っても意味ないかなって。だから口紅だけは塗ってたのさ。あとね……」

「あと？」

「この白装束の下にブラジャーとパンティ着けてるのよ〜！」

「史上最悪のお遍路様だな」

「透けたりしないように上も下も白で統一してるの」

「だ・か・ら！　自分自身は見つめ直せたのかい」

「アタシらしくお遍路をやり切ったから、もう迷いはない。八十八カ所を回ってもオカマはオカマ。死ぬまでオカマ貫くわ！」

「じゃあ早く戻ってこい」

「言われなくても帰るわよ」

「よかったよ」

「あと、おまえの親父、当て逃げで警察に捕まった前科者のくせに、今、えらい高そうな車に乗ってたぞ。あれは反省してないな」

「うそ、知らない。車の写真撮った？」

「撮った撮った。今送るわ」

送られてきた写真には黒塗りのごつい４ＷＤが写っていた。

あのクソ親父、当て逃げしたときよりパワーのある車に乗ってるじゃないか。

「終わってんなぁ、おまえの親父」

「オカマのお遍路さんには言われたくないわ」

「オカマのお遍路さん……なんか語呂もよくて素敵な響き♪」

迷いを捨てたオカマ、それはそれで面倒臭い。

とにかく早く帰ってこい。

話したいことは何もないけど、あんたの顔が早く見たいんだ。

十五　父は鬼、祖父は千人殺し

トリケラさんが東京に戻ってきてから二ヶ月が経った。紆余曲折ありながらも、トリケラさんは元のオカマバーに復帰することになった。住職に至っては、宝くじにまで手を出し始め、その欲望はとどまるところを知らない。私は無職になったことで、暇つぶしも兼ねて銭湯通いをするようになった。歩いて通える範囲に銭湯が四軒もあるおかげで、今日はどの銭湯に行こうかなと考えるだけでワクワクする。

朝はお寺に参拝し、昼はパチンコで散財、夕方に銭湯でひとっ風呂浴びて、夜はオカマバーでバカ騒ぎという、信仰とギャンブルと健康と低俗がゴチャ混ぜになった混沌の一日を何度も繰り返しているここ最近。お釈迦さまの言う通り、人生のほとんどは苦しみだ。楽しいことは早く過ぎ去り、苦しいことほど長く続いていく。それならば、人生、楽しめるときは精一杯楽しむしかない。私はそう覚悟を決めた。

そんな二〇一四年三月初旬の銭湯帰り、前から歩いてきたマイク眞木《まき》風の白髪のポニーテールのおっさんが、私の顔を見るやいなや「あ！　お久しぶり、私のこと覚えてますか？」と声をかけてきた。間違いなくどこかで会った記憶はあるが、詳細は思い出せない。

「あの、どなたでしょうか？」と訊ねてみると、「あなたを担当していた歯医者ですよ」と思わぬ答えが返ってきた。ああ、確かに。五年ぐらい前に二、三度お世話になった歯医者さんではないか。

「あなた、ダメですよ。治療中に逃げ出したら！　いい大人が情けない！」

「……ああ、そうでしたっけ。それはすみませんでした」

「本当は右利きなのに、何かの呪いで利き腕が使えないから、仕方なく左手で治療してるのかと思うぐらい、てめえが下手糞だったからだよ」と反論したいところだが、ここは我慢だ。私は素直に頭を下げ、とりあえずこの場を丸く収めることにした。

「漫画のキャラみたいな覚えやすい見た目をしてるんだからさぁ！　悪いことはしないほうがいいよ！」と捨て台詞を残し、イカレた歯医者は路地の横道へと消えていった。

まるで通り魔だ。今日は厄日に違いない。早く部屋に帰って横になろう。気を取り直して、私は家路を急ぐ。

街はもう夕暮れ時、家の近くまで続く閑散とした商店街の寂しい雰囲気が、銭湯でポカポカになった体をほどよく冷ましていく。唯一営業をしている精肉店のおっさんが「そこのお兄さん！　唐揚げ買ってくださいよ！」としつこく声をかけてくる。だが、この精肉店の商品を買うわけにはいかない。なぜなら三年前、ここで大量に唐揚げを購入し、人生初の唐揚げパーティなるものを開催した日に、同棲中の彼女にフラれてしまったのだ。この店の唐揚げは縁起が悪い。軽く会釈だけしておっさんの横を通り過ぎた瞬間、私の耳に「なんだよ、肉が大好きですって顔してんのによぉ……」というおっさんの恨み節が聞こえてきた。

なぜだ。

なぜ、同じ日に歯医者と精肉店に罵倒されないといけないんだ。この街は、いや、この国は狂っている。歯医者と精肉店が威張っている国に未来などあるはずがない。

さすがにここは言い返すかと、精肉店まで戻ろうとした瞬間、私の携帯に一通のメールが届く。

親父からだった。

「近々、東京に遊びに行く、よろしくな」

ああ、今日は絶対に厄日だ。

鬼が来る。

二〇一四年三月、華の都に鬼がやってくる。

母親がいなくても、家に多額の借金があろうとも、自分の息子をどんな境遇にも負けない強い男に育てるため、親父は、戸塚ヨットスクールにも負けないスパルタ教育を我が子に施した。

いっさいの甘えを許さず、テストで百点を取ろうが、運動会で一位になろうが、クラスで学級委員に選ばれようが、私が何を成し遂げても、親父が褒めてくれることはなかった。悪いことをやらかしたときは、容赦のない鉄拳制裁と、大学時代にアマチュアレスリングで鳴らした親父の低空タックルと反り投げが私を襲った。物心ついた頃から、私にとって親父という存在は、〝人〟ではなく〝鬼〟や〝悪魔〟に近いものであった。

そんな親父が東京にやってくる。上京してもう十年あまり経つが、私の様子など一度も見に来なかったあいつが、いったいどういう風の吹き回しだろうか。その真意を探ろうと、それとなく親父に電話をかけてみた。

「もしもし、俺。親父、いつ東京来るの？」

「おお、三月の真ん中辺りに行くつもりや」

「なんか東京のほうに用事でもあるん？　そのついで？」

「別に用事はない。まぁ旅行みたいなもんや」

「親父、旅行嫌いやん？　痛風もひどいのに大丈夫？」

「ええねん、もうそんなんはどうでも」

「なんか理由あるやろ？　あるなら先に言っといてくれよ」

「……」

「な〜って！」

「オカマさんに会いに行くんや」

「は？」

「うちに遊びに来たおまえの友達と約束したんや。東京のお店に遊びに行くって」

「え？」

予想だにしない答えに己の耳を疑った。トリケラさんに会うために、親父は東京に来るらしい。鬼がオカマとの約束を果たすため、遠路はるばる香川県から東京まで。おそらく電話の向こうで、バツが悪そうにしているであろう親父の姿を想像するだけで、私は顔のニヤニヤを抑えられなくなる。


オカマとして生きていくことに迷いが生じたトリケラさんは、四国八十八カ所巡りによって「歩けども歩けどもオカマはオカマ」という妙な悟りを開き、〝ゆるがないオカマ〟へと進化した。お遍路の帰りに、私の実家に立ち寄ったのは知っていたが、そんな約束をするほど二人の仲が急接近しているとは思わなかった。

そのとき、トリケラさんが撮った記念写真を見直してみる。満面の笑みで一枚の写真に収まっている三人。九十を超えても腰が曲がることなく、いまだに畑仕事に家事に大車輪の活躍を見せている祖母。六十五歳になった今も、警備員として日夜働き、不審人物には容赦のないアマレスタックルを食らわせる親父。お遍路さんの正装である白装束に身を包みながらも、唇に真っ赤な口紅を塗って怪しく微笑むオカマ。この写真には化け物しか写っていない。

しかし、親父がこんなに自然な笑顔ができる人だとは知らなかった。子供のときに何度か一緒に写真を撮ったことはあるが、親父は常に険しい顔をしていて、私はその横でこれでもかというぐらい背筋をピンと伸ばして立っていた。出来上がった写真はまるで明治時代の軍人の集合写真のようだった。

「一個だけ頼まれてくれんか？」

「俺に？　珍しいな」

「オカマさんの店に行くのな。一人で行くのはアレやから、おまえも付き合ってくれへんか？」

「親父、オカマバー行くの初めて？」

「そうや。助けてくれよ」

「ははは、うん、わかった」

「感謝するわ」

普段は会話がまったく弾まない親子が、いざオカマの話題になると、こんなに仲良くしゃべれるなんて。でもまさか、親父と一緒にトリケラさんのお店に行くことになるとは夢にも思わなかった。良い意味でも悪い意味でも忘れられない夜になる。そんな期待で私の胸はいっぱいだった。

三月中旬、日本列島を北上する桜前線を追い越して、親父は東京にやってきた。聞いたところによると、東京に来るのは四十年ぶりになるらしい。道に迷ったりしないか心配なので、わざわざ羽田空港まで迎えに行くことにした。

小学三年生の頃、「空を飛んでみたい！」と愛らしい夢を口にした息子の服の中に、親父は二匹のオニヤンマを入れた。恐怖で泣き叫ぶ我が子に「軽い気持ちで『空を飛びたい』とか思うなよ」と親父は諭した。子供はそれがトラウマになり飛行機恐怖症になった。その息子が暮らす東京に、親父は飛行機で空を飛んでやってきた。なんとも理不尽な話である。しかし歳を取れば取るほどプロレスラーの山本小鉄《やまもとこてつ》に似てきたな。

無事に合流したのち、東京モノレール、山手線、中央線と電車を乗り継ぎ、私の住む中野へ向かう。親友の結婚式で帰省して以来、約三年半ぶりの親子の再会であったが、電車の中ではお互いに無言だった。

宿泊費の節約になればと、私の家に泊まることを勧めたのだが、「同じ部屋で寝たくない」と親父は拒否。中野駅近くのビジネスホテルに予約をとってあるらしい。

昔からそうだ。子供だけでなく家族と一緒に寝ることをとにかく嫌がる人だった。小学六年生のとき、祖父が服用していた睡眠薬を盗んだ私は、それを飲み物に混ぜ、薬の力で親父を眠らせ、強引に添い寝をしたことがある。あれが人生でたった一度の親子の添い寝だった。一緒に寝てくれないのだから、風呂だって一緒に入ってくれるわけがない。三歳の頃から、私は一人で風呂に入り、一人で寝ることを義務付けられていた。風呂場ですっ転んで、頭頂部から大流血した際には「それがおまえの血だ。生きている証だ。自分の手で触ってみろ」と言われたのをよく覚えている。

ホテルにチェックインを済ませると、腕時計の針は昼の二時を指していた。トリケラさんの店が開店するまでにはまだ時間がある。さて、どうやって暇をつぶそうかなと考えていると、「おい、おまえの家を見せろ」と親父からのリクエスト。親の立場からすれば、子供がちゃんとした生活をしているのかどうかを確認したいのは当たり前か。

ビジネスホテルを出て、中野通りを直進、早稲田《わせだ》通りとぶつかる新井《あらい》の交差点まで一緒に歩く。ここから少し遠回りして、中野を案内しながら家に向かうことにする。

「この通りはね、桜が満開になるとすげえ綺麗なんだよ」と親父に教えると、「わしゃ桜は好かん。ピンク色のものはたいがい好かん」と素っ気ない言葉が返ってくる。交差点を右折して早稲田通りに入り、少し歩いた先にある「薬師あいロード商店街」に足を踏み入れる。商店街に入ってすぐの焼き鳥屋で「もも」と「つくね」を買おうとしたら「歩き食いはあかんで、みっともない」と叱られ、渋々諦める。

「職場の人たちにお土産を買いたい」と言い出すので、「パパブブレ」という飴《あめ》の専門店に立ち寄ろうとしたが、「こういう西洋かぶれした店は苦手じゃ」と店の前を素通りされてしまった。

　何かを提案しても、いつも親父には拒否される。しつこく食い下がると「うるさいのぉ」と、頭にゲンコツが落ちてくる。子供の頃から変わらないやり取りだ。

　あっという間に商店街の出口が見えてきた。時間にはまだまだ余裕がある。ここからだと結構な距離になるが、住職のところに行ってみないかと親父に提案してみる。

「あのさ、俺がお世話になってる寺の住職さんがおるんよ。一回会ってみいへん？」

「住職？」

「恋人にフラれたぐらいの頃から仲良くしてくれてる人なんよ。紹介したくてさ」

「ワシは寺の坊主が大嫌いや。おまえもよく知っとるだろうが」

　ＴＨＥ ＢＯＯＭのボーカルの宮沢和史《みやざわかずふみ》、洋食全般、近所に住んでいた生意気な大工、ビートルズ、オノ・ヨーコ、ウニ、イクラ、ウナギ、宮川大助《みやがわだいすけ》・花子《はなこ》、リンゴ、ナシ、行列に並ぶこと、七三分けの人、縦列駐車。

　とにかく嫌いなものが多い親父、そんな親父が一番嫌いなものが〝寺の坊主〟だった。

　実は、うちの家族と寺の坊主との間には非常に深い因縁がある。そこには祖父の死が大きく関わっている。

生前、私の祖父は酒の席で酔っぱらうたびに、大声でこう言っていた。

「わしは戦争で米兵をたくさん倒した！　千人倒したぞ！」

もちろん嘘である。祖父が出兵した戦地には米軍は侵攻していなかったし、何より祖父は、負傷者の治療を主な任務とする衛生兵だったのだ。仮に、本当に千人も敵兵を倒していたら「伝説の衛生兵」として、その名を轟かせていたことだろう。

周囲の人は一様にしらけた顔をしていたが、私を含めた家族は祖父のホラ話が大好きだった。不謹慎な話ではあるが、そういう嘘をつかないといけないぐらい、祖父は戦争でつらい思いをしたのだ。傷つき死んでいく仲間を何もできずに見送ってきた祖父。お国のためにと死を覚悟の上で出兵したのに、おめおめと生きて帰ってきたことをずっと悔やんでいたらしい。戦争の悲しい記憶でふさぎ込んでしまうぐらいなら、大ボラ吹きでもいい、祖父が元気でいてくれさえすれば、私たちはそれで満足だった。

祖父が死んだとき、私と親父は祖父のホラ話を本当の話にしてあげたいと思い、通夜に来た寺の坊主に、戒名を「千人殺《せんにんごろし》居士《こじ》」にしろと要求した。高額のお布施をすれば「光」とか「輝」といった高尚な文字を戒名に入れてくれるという噂を聞いていたので、親父は、なけなしの五十万を用意して、祖父に「千人殺」の三文字をくれと寺の坊主にお願いをした。中学生だった私も親父の隣で頭を下げて必死にお願いしたのに、その坊主は私たちの申し出を却下した。

いつぞやの自分の子供に「悪魔」という名前を付けようとした親とは違う。「千人殺」という文字を頂くことで、祖父の人生が報われるような気がしたのだ。遺族がそれを望んでいるのに、坊主は頑なに首を縦に振らなかった。それどころか、「おまえたちは狐《きつね》に憑《つ》かれているのか？　その五十万円でお祓《はら》いしてやろうか？」とまで言い放ったのだ。その一言でキレてしまった親父は、坊主とつかみ合いの大喧嘩。それ以来、親父は寺の坊主を心底憎むようになった。自分が死んだときは、下手糞でもいいので息子の私が坊主の代わりにお経を読むようにと言われている。

だからこそ、住職と親父を引き合わせてみたかった。あの人なら、親父の凝り固まった偏見を優しく諭してくれるんじゃないかと期待したのだ。どうやらそれは叶わぬ願いだったようだが。

アパートに着くと、親父は部屋の中を隅々まで物色し、私の生活態度を確認し始める。こんなこともあろうかと、事前に大掃除を済ませ、普段は空っぽの冷蔵庫には、いかにも自炊をしてます風に大量の食材をぶち込んである。トイレ、風呂、キッチン、ベランダ、リビングと、くまなくチェックを終えた親父は、「意外とちゃんとやってるやんか」と満足そうに頷いた。と思ったら、すぐに険しい表情になり、私に難癖を付けてきた。

「しかし、おまえも変わった。坊主と仲良くしてるとはな。おまえも坊主にはひどい目に遭ったやんか。東京に住んで根性なしになったか？　女にフラれて人恋しくなって坊主に慰めてもらうなんて情けないわ」

「……」

「どういうつもりやねん。おお？」

「親父、この世には悪いお坊さんもいるけど、良いお坊さんもいるんだよ！　あの人は素晴らしい人や！」

「なんやおまえ！　さては宗教か？　お布施とかしてるんか？」

「アホか！　そんな金あったら漫画と風俗に使うわ！」

「……」

「……」

部屋の中央で睨み合う私と親父。正面から向かい合ってみて気が付いたが、親父の身体はまたひとまわり小さくなっていた。

「まあええわ、オカマさんの店に行く前に喧嘩してもしゃあないからな」

私が語気を強めて反論したからか、親父はそれ以上何も言わなかった。

たかが坊主のことでここまで揉めるとは。私たち親子はどこまで寺の坊主に翻弄される人生を送るのか。

やがて、夜のとばりが静かに下りてきた。
しかし、狂乱の宴は今から始まるのだ。
そう〝オカマ〟と〝私〟と〝親父〟の長い長い夜が。

十六 『ノルウェイの森』はエロ本です

私が中学三年生の秋、〝飲酒運転、当て逃げ及び救護義務・危険防止措置義務違反〟の罪で、親父は警察に捕まった。親父が逮捕された日の給食は、大好きなドライカレーだった。ちょうど昼休みが始まった頃、校内放送で担任の先生に呼び出された私は、校長室に通された、フカフカのソファーに腰掛けていた。対面には校長先生が神妙な面持ちで座っている。

「実は、君のお父さんが警察に捕まったことがTVのニュースで流れた。ご家族も心配しているだろうし、今日は帰りなさい。なんなら、二、三日休んだっていいんだよ」

極めておだやかな口調で校長は私に話しかけた。だが、根っからの天邪鬼《あまのじゃく》の私は、変に優しくされると、ついつい反抗的な態度を取ってしまう。

「五時間目は体育で、六時間目は美術なんです。どっちも好きな授業だから帰りません。あと明日の給食は、大好物のサバの味噌煮なんで、明日も学校に来ます」と自分の意思をハッキリ伝えると、「……わかった。もしつらいことがあったらいつでも相談に来なさい」と、校長は苦虫を噛み潰したような顔でそう言った。

その日の体育はドッジボールだった。身体を思いっきり動かせば、親父のこと、これからの自分の身の振り方など、嫌なことを一旦忘れられるかなと期待したのに、まったく試合に集中できなかった。投げたボールが変な所に当たって、相手に怪我でもさせたら、「犯罪者の子供は危ないことをするなぁ」なんていじめられるんじゃないか。そんなことを考えると気持ちはどんどん沈んでいくばかりだった。

六時間目の美術は粘土細工の授業。やみくもに粘土をこねているだけなのに不思議と心が落ち着く。そうだ、中学を卒業したら、人里離れた山奥に引っ越して独りぼっちで粘土をこねて生きていこう。罪人の息子には、そんな人生がお似合いだ。己をひたすら自嘲しながら、私は粘土をこね続けた。

親父が当て逃げ事故を起こしたことは早いうちに知っていた。車庫に隠してあった車のフロント部分が大破していたし、昔から親しくしている県議会議員さんを家に呼び、「罪を免れることはできませんか?」と懇願する親父の情けない姿も目の当たりにした。

あとからわかったことだが、被害者に大きな怪我はなく、乗っていた車が多少壊れたぐらいだったらしい。「何事からも逃げない強い男になれ!」と口が酸っぱくなるほど言っていた親父は、なぜ目の前の事故から逃げたのだろうか。今でもわからない。

授業を終え帰路につくと、我が家に親戚一同が大挙して集まっていた。葬式や逮捕といった、何かしら不幸が起きたときしか、こいつらは顔を出さない。身内から犯罪者が出たことについ て口々に文句を言うバカ野郎ども。私の祖父だって飲酒運転やら何やらで警察のご厄介になった過去があるじゃないか。前科者が一人増えたからって、何を今さら騒ぎ立てることがある。心の中でそう思いながらも、「このたびはすいませんでした」と、私は親戚一人一人に頭を下げて回る。「元気出してね」と励まされるたび、湧き上がってくる怒りを我慢するのに必死だった。中途半端な優しさほど反吐《へど》が出る。キンキンに冷えた麦茶を飲んで、早く横になりたい。

麦茶を飲む前に、離れで眠る祖父の様子を見に行く。心臓病とその合併症により余命半年を宣告され、「どうせ死ぬなら自分の家で死にたい」と、我が家に戻ってきた祖父。自らの足で歩くことができず、食事は流動食のみ。映画『スター・ウォーズ』のR2－D2によく似たデザインの近未来風の酸素吸入器を使わなければ呼吸もできない有様だった。

私に気付いた祖父は「ごめんな……お父さんの育て方を間違えたのはワシや」と、蚊の鳴くような声で謝ってきた。本当につらいのは爺ちゃんのほうなのに。息子が犯罪者になったのを見届けてから死んでいく。そんな悲しい人生の幕引きがあっていいのか。その息子をぶん殴る力すら、祖父には残されていないのだ。どんなに無念なことだろう。

祖父も父も前科者、我が家の男で、綺麗な体をした男は私だけ。なんだか頭が痛くなってくる。こんなときに甘えさせてくれる母親も、力を合わせる兄弟もいない。私の人生、いささかつらすぎやしないか。そんなことを考えているうちに、私は大声を上げて泣いていた。小さい頃から、「絶対に泣き顔を見せるな」と親父に厳しく躾《しつ》けられてきたが、その親父は今や檻《おり》の中。もう遠慮なく家の中で泣かせていただこう。

ひとしきり泣いたあと、素知らぬ顔で応接間に戻ると、親戚の中で一番底意地の悪い乾物《かんぶつ》屋の叔父さんが、「おまえがしっかりせんとこの家は終わりやで」と嫌味を言ってきた。「二度あることは三度あると思うんで、僕も何かやっちゃったときはすいません」と、お互いの鼻と鼻がぶつかるぐらいの距離で威嚇《いかく》すると、舌打ちをして叔父さんはその場を立ち去っていった。

親戚連中が帰ったあと、静寂に包まれた家の中で、せっせと部屋の片付けをしている祖母がいた。その小さな背中に「俺、高校行かずに働いたほうがいいかな」と声をかけると、祖母は振り返りざまに私の頰を平手打ちした。そのまま顔をクシャクシャにして泣き崩れ「こんなんで負けてたまるか！　おまえも負けるな！」と祖母は叫んだ。ババアにいきなりビンタされるし、そのビンタは全然痛くないし、痛くないけど泣けてくるし、もう散々だ。

生き地獄という言葉がピッタリだったあの日の我が家。

家族のみんなが泣いた日のことを、留置場にいた親父だけが知らない。

トリケラさんの店へと向かう途中、前を歩く親父を見つめながら、このハゲが逮捕された日のことを思い出していた。まさか二人仲良くオカマバーに遊びに行く未来が待っているなんて想像もしなかった。天国の祖父もこの光景を見て苦笑いしていることだろう。

結果から言えば、親父が前科者になってくれて本当によかった。

今まで必死で守ってきた〝強くて頼りになる父親〟という虚像が崩れ去り、親父は〝鬼〟から〝人〟になった。自分の弱さを認めたことで他者への接し方が劇的に変化したのだ。厳しさだけでは人生はうまくいかない、時には優しさや甘えも必要だということを親父は身をもって知ったのだろう。まさに仏教でいうところの「中道」の精神。坊主を忌み嫌っている親父自身が仏の教えを実践しているのだから、なんとも皮肉な話である。ただ、胸を張って言える。私は昔の親父より今の親父のほうが好きだ。


赤、青、黄色の眩しい電飾をまとったオカマバーを前にして、「なんや、お祭りみたいやなぁ」と、親父は気の抜けた台詞を口にする。昔から夜遊びの類をまったくやらない人なので、カルチャーショックを受けているようだ。

中に入ることを躊躇《ちゅうちょ》している親父の背中を押し、店内へと歩を進める。入口に立つ三人のオカマが「いらっじゃいまぜ〜」と濁った声の三重奏で私たちを出迎える。まだ客もまばらな店内にトリケラさんの姿が見えた。店長の粋な計らいで、今日は店一番のＶＩＰ席を使わせてもらうことになっている。こちらに気付いたトリケラさんが、両手を広げて「お席はここよ♪」とポーズを決める。

慣れないオカマバーの雰囲気にすっかり怯えてしまった親父は、二人三脚のペアかと思うぐらいの至近距離で、私にくっついて離れない。それを見たトリケラさんは「ピュ～！　親子で見せつけてくれちゃって！　親と子のまぐわい！　興奮してきた～！」とタンバリンを高らかに打ち鳴らす。相変わらずやかましい人だ。

二人掛けのソファーに私と親父が座り、その対面にトリケラさんが着席。私、親父、トリケラさんのトライアングルフォーメーションがここに完成した。

「お父様、お久しぶりです。遠路はるばるよくお越しくださいました」と、旅館の女将《おかみ》のように礼儀正しく挨拶するトリケラさん。「出来の悪い息子がいつもお世話になっています」と、額がテーブルに付くほど深々と頭を下げる親父。なんだか学生時代の三者面談を思い出す。

「一杯目は何にします?」という言葉に、私はいつものファジーネーブルを、親父は鍛高譚《たんたかたん》の緑茶割りを頼んだ。しばらく会わないうちに、親父は焼酎を飲むようになっていた。

「じゃあ、今夜はお父様に乾杯よ～！」

トリケラさんの音頭で宴の幕が上がる。朝からずっと親父と一緒だったので、多少ストレスが溜まっていた私はファジーネーブルを一気に飲み干し、すぐさま二杯目に手をつける。

片や親父も、恐ろしいほどのハイペースでグラスを空けていく。さっさと酔っぱらうことで緊張をほぐしたいのだろう。幾度となく乾杯を重ねるうち、良い感じに酔いが回った私たちは、次第に饒舌《じょうぜつ》になっていく。

「トリケラさん、聞いてくれよ。スパルタ教育は別にいいよ。でも加減ってのがあるでしょ。親父はね、普通じゃないの。鉄拳制裁ってさ、ゲンコツ一発が主流じゃん。でもこの人、ワン・ツー・ボディブローなの。小学生の子供にコンビネーションパンチとボディ打つかね。頭イッちゃってるよね」

「それ言うならこいつもですよ。反抗期に入ったと思ったら、エアガン、ブーメラン、水鉄砲、吹き矢、爆竹……、道具ばっかり使って歯向かってきた。卑怯者ですよ」

「前科者に卑怯者って言われたくないな」

「ちゃんと罪は償ったし、あの日を忘れたことはないわ！」

「でも、当て逃げした奴が、４ＷＤに乗ってるのは納得いかへんよ。事故起こした車より豪華でゴツい車に乗ってるとかヤバいだろ」

「え……なんで知ってるんや？」

　内緒にしていた愛車のことを突っ込まれた親父は「まさか！」という顔でトリケラさんのほうを見る。その視線に気付いたトリケラさんは、「お父様、ごめんなさい。車のこと教えちゃいました♪」と舌をペロリ。

「おまえらめんどくせえなぁ！　もう一度乾杯して全部手打ちにするわよ！」と、場を強引にまとめようとするトリケラさん。そのあまりの力業《ちからわざ》に私も親父も押し切られてしまう。

二人の間に「オカマ」という潤滑油が入ってくれたことで、私たちは普段よりも砕けた雰囲気で酒を酌み交わすことができた。宴もたけなわというところで、ダンスショーの準備で、トリケラさんが席を外すことになった。

突然のツーショットタイムに手持ち無沙汰になったとみえる親父は、胸ポケットからタバコを取り出して口にくわえる。すかさず私はライターの火を差し出す。

子供の頃、「うちは貧乏やからおもちゃを買う余裕がない。悪いけどコレで遊んでくれ」と親父から手渡された百円ライター。いろいろなものに火をつけて遊んでみたが、一番楽しかったのは家族のタバコに火をつけることだった。祖父、祖母、親父と、うちの家族は全員喫煙者なので、私がライターの火を差し出すと、みんな一様に嬉しそうな顔をする。どんなに生活が苦しくても、私がタバコに火をつければ、そこに一瞬の幸せが生まれる。だから私は、毎日みんなのタバコに火をつけて回った。子供の頃の癖が思わず出てしまった。

「あのオカマさん、ほんまに良い人やな。なんか困ったことあったらあの人にちゃんと頼らないかんぞ」

「うん、わかってる」

「あと……おまえ、別にオカマになってもいいぞ」

「いきなりなんやねん。それに〝なる〟〝ならない〟で話すのは失礼な話や」

「そうか、すまん」

「なんで？　俺にそんな雰囲気ある？」

「いや、ほら、おまえの爺ちゃんがそうやったやんか。孫は爺ちゃんに似るっていうから、もしかしたらって思ってな」

「ははは、なるほど」

そう、あくまで親父の推測ではあるが、私の祖父はバイセクシュアルだったのだという。隙を見ては近隣の爺さんと逢瀬《おうせ》を繰り返していたらしい。戦争で米兵を千人殺したとホラを吹いているバイセクシュアル。たまらん。ますます爺ちゃんのことを好きになってしまう。

「もしな、もしやで。おまえがこういう世界に入るとか、もしあのオカマさんと付き合うとかなったら、頼むから内緒にはせんでくれ。反対するとかじゃない。ただ親として知っておきたいだけなんや。ワシはおまえが幸せやったら何でもええんや」

「わかった。ちゃんと言うから。約束する」

そこまで話したところで店内にａ-ｈａの『Ｔａｋｅ Ｏｎ Ｍｅ』が流れ始めた。場内が暗転し、今宵も恐竜たちのダンスショーが始まる。女中風の着物に身を包んだオカマたちが一糸乱れぬラインダンスを披露する。天井のミラーボールが回り出し、場内は一瞬で九〇年代のディスコのようなきらびやかな雰囲気に。その様子を見ていた親父は「お祭りみたいや」とつぶやいたあと、「綺麗やな」と言った。

「何が綺麗なん？」と聞くと、「あのオカマさんや」と照れ臭そうに答える親父。「わかってるやん」と言って私は空いたグラスに酒を注いだ。

明日の朝一の飛行機で香川に帰る親父を、あまり遅くまで付き合わせるわけにはいかない。日付が変わるぐらいの時間に、私たちは店をあとにすることに。外まで見送りにきてくれたトリケラさんと一緒に記念写真をパチリ。別に申し合わせたわけでもないのに、私と親父は、両手を腰に添えた状態で胸を張る〝力道山《りきどうざん》のポーズ〟を二人ともやっていた。


ようやく長い一日が終わろうとしている。

タクシーに乗り込み、宿泊先のホテルまで向かう車内にて、私は自分の夢を親父に話すことにした。今日なら話せる。いや、今日しか話せない気がしたからだ。

「俺、作家になりたくて東京に来たんだよ。まだ何にも書いてないけどさ」

「……そうか。おまえは小さい頃から本ばっかり読んでたしな。ほら、ゴミ捨て場に行って捨ててある本を片っ端から読んでたやろ？　近所で有名やったんやぞ」

「マジで？　全然知らなかった」

「あんたんとこの息子、いつもゴミ捨て場や墓場に一人でおるけど大丈夫か？　ってよく心配されたわ」

「周りの奴等って見てないようで見てるんやなぁ」

「そういえば、おまえが小さいときに、村上春樹《むらかみはるき》の『ノルウェイの森』を買ってやったよな？　あの赤と緑の上下巻」

「うん、覚えてるよ。親父が本を買ってくれるなんて珍しいからな」

「ちゃんと読んでるんかと思ってな。おまえの部屋に置いてある『ノルウェイの森』を見たら、めちゃくちゃ本に折り目入ってってな」

「……」

「すっかり感心したんやけど、よく調べてみたら、エロいシーンのところに折り目つけてるだけやったな」

「そういう本ってわかってて買ってくれたんちゃうの？」

「いや、ワシは読んでない。めっちゃ売れてたから買っただけや。まさか、あの本のせいで作家目指そうと思ったんか？」

「いや、あれはただのエロ本やから」

「……そうか」

「でもな、村上春樹は、初めて文章で俺を勃起させてくれたすごい作家やねん。そこは尊敬してる。それは、あの人がノーベル文学賞を取ったとしても変わらないのよ。俺も誰かにとってのそういう作家になりたい」

「オカマでも作家でもおまえの好きなものになったらいい」

「なれるかな。明るい未来なんてあるのかな」

「未来のことを考えたら、たいていの人は暗い気持ちになって当たり前や。だから未来のことなんて考えるな。今、目の前にあることをやればええ」

タクシーがホテルに到着した。親父は外の景色に目をやったまま、こちらを見ずに「またな」と言った。

それはとても心地いいお別れだった。

十七　さよならフェラチオ

二〇一四年四月、トリケラさんが正式にオカマバーを辞めることになった。失踪とかではなく、今度はちゃんとした理由がある。同居している母親が寝たきり状態になってしまい、つきっきりの介護が必要となったそうなのだ。

「八十過ぎて体にガタが来てたしね。家族もアタシしかいないから仕方ない。ヘルパーさんを雇おうかと思ったけど、うちの母親ってすごい人見知りだから無理。アタシが一から介護の勉強をして面倒看るわ」と、トリケラさんは意外と前向きな様子だった。心配して店に駆け付けた私は少し拍子抜けだ。

「介護なんて柄じゃないけど、親子水入らずで過ごすのも悪くないかなってね」

「ふ〜ん、トリケラさんがねぇ」

「アタシもいよいよ二丁目卒業かぁ。オカマであり続けることは変わらないけどね」と言ってトリケラさんはケタケタ笑う。

「で、アタシがいなくなってもおまえは平気？　別のオカマに乗り換える？」

「いや、実は俺も大事なお知らせがあるんだよね」

そう、急な話だが、私もついに夢へと踏み出すことにした。インターネットで知り合った仲間と一緒に合同誌を制作し、五月の同人誌即売会で販売する予定だ。商業誌ではないが、自分が書いた文章が初めて本になる。上京して十一年目でようやく刻む小さな第一歩。親父に自分の夢を話したことがきっかけで、私のやる気に火がついたのだ。

「やっとじゃん！　偉い偉い」と、トリケラさんは、私の頭を「よしよし」と撫で回す。

「いつまでも子供扱いせんでくれよ」と言いつつも、私は思わずにやけてしまう。

「じゃあさ、お互いの新しい門出を祝して最後のお出かけしよっか？　卒業旅行みたいな感じでさ」

「俺とトリケラさんで？」

「せっかくだから住職も誘ってみようよ。おまえどっか行きたいところある？」

「あ、鎌倉は？　実は一回も行ったことがないんだよね」

「最高！　アタシも久しぶりに鎌倉の海が見たいわ。おっしゃ、じゃあレンタカー借りよ。特別にアタシが運転してやるよ」

「じゃあ住職は俺が誘っとくね」

「よし、景気づけに、ここは一発サザンでも歌おうかしら」

店内に『希望の轍《わだち》』の軽快なメロディが流れ始める。

ああ、いよいよトリケラさんとのお別れがやってくる。ただ、そのラストシーンを海で迎えられるなんて、私はやっぱり運がいい。


一週間後、行楽日和の四月最初の水曜日。

ヤシの木の柄が入った派手なアロハシャツにピンクのハーフパンツと、春なのに夏真っ盛りといった出で立ちで現れたトリケラさん。今日は一段と気合が入っている。今回の日帰り旅行、住職は欠席と相成った。「急な仕事が立て込んでるのでパスします」と、それっぽいことを言っていたが、おそらくは私たちに気を遣ってのことだろう。いやらしい坊主だ。

トリケラさんの運転で私たちは一路鎌倉を目指す。母親を連れてドライブすることも多いトリケラさんの運転技術は安心そのもの。何もすることがない私は、助手席で欠伸をふたつみっつと繰り返す。

春のうららかな陽気に包まれた朝、天気は快晴、これほどの好条件が整ったドライブデートだというのに、テンションがいまいち上がらないのは、乗っている車がハイエースだからだろう。単身者の引っ越しなどで大活躍するあのハイエースである。

「トリケラさん。なんでハイエースなんて借りたんだよ」

「あのな、遠出をするときはさ、荷物をたくさん積めるデカい車が一番安心できるの。軽自動車みたいなちんちくりんはダメよ」

「だからってハイエースはないだろ、せめてワゴンにしろよ」

「うるせえな、面白いかなって思ったんだよ。そんなことより最初はどこに行くの」

「特に決めてないよ。海が見られたらそれで満足だもん」

「出ましたノープラン。まあいいや、じゃあ寝とけ。海が見えたら起こしてやるからさ」

「そうしたいのは山々なんだけど、さっきから森山直太朗《もりやまなおたろう》の歌声がうるさくて眠れないよ。あのさ、もっとドライブに合ったCD持ってこいよな」

「あ？　我慢しろよ。アタシは今、直太朗に夢中なの。直太朗は曲もいいけど顔も声も最高よね」

「はいはい、そうですか」

まともに話すのが面倒臭くなった私は、リクライニングを限界まで倒し、寝たフリを決め込む。そして薄目を開けて運転中のトリケラさんの横顔を盗み見る。なんだか懐かしい気分だ。確か昔にもこんなことがあったような……。そうだ。ガキの頃、親父の車で遠出をするのは決まって潮干狩りに行くときだった。そのときもこうやって、海に着くまで助手席で眠っていたっけ。もっとも貧乏な我が家にとって、潮干狩りは行楽ではなく〝食料確保のための狩り〟でしかなかったが。

「おまえ、起きてるだろ」

バレてたか。まったく抜け目のないオカマだ。

「ナビの通りなら、そろそろ海が見えてくるはずよ」

「俺さ、綺麗な景色を見ても全然感動しないんだよね。ガキの頃に受けたスパルタ教育で、そういう美的感覚が死んじゃったんだと思う」

「ふ〜ん」

「海を見ても何とも思わないけど、海を見て喜んでいる人を見るのは好きかな」

「本当にそうか？　ひねくれ者のフリをしてきただけじゃないの？」

「そうなのかな……いや、そうなのかもね」

「説教臭いこと言いたくないけど、もっと楽に生きなさいな。自分が思ったことを素直に口に出せるなんて、日陰者として生きているオカマからしたら羨ましいことよ」

「……うん」

よし、ひとつ賭けをしよう。

次の大きなカーブを曲がった先に、もし海が見えたら、もしその海を綺麗だと思ったら、素直に「綺麗だね」と言おう。

ゆるやかな長いカーブを曲がり切った瞬間、春の日差しがレーザービームのようにハイエースに突き刺さってきた。そして一瞬の目くらまし。何秒間か視界を塞がれたその先に海が見えた。

　自分の青臭さを隠そうとしても、それでも滲み出てしまう青さ、そんな青と白が合わさった碧い海が私たちを待っていてくれた。水面に乱反射した太陽の光が、海原に光の一本道を作っている。

「綺麗だね」と何の捻りもないそのままの感想を口にする私。

「うん、最後のデートでこんな綺麗な海が見られるなんて、アタシたちはやっぱり運がいいんだな」と、トリケラさんは感慨深そうに頷く。

「そっか、たぶんこれが最後になるんだね」

「まったく会えないってことはないだろうけどさ。あんまり会わないほうがいいとも思う」

「なんで？」

「アタシたちちょっと仲良くなりすぎちゃったじゃない？」

　二人の間に長い沈黙が流れる。何か言わなければ。このままだと車内が森山直太朗のワンマンショーになってしまう。

　すると、大きく二度ほど咳払いしたあと、トリケラさんが早口でこうまくし立てた。

「お別れにさ、アタシに思い出を頂戴よ。今まで散々あんたの世話してきたんだから、それぐらいいさ？」

　らしくないことを言い出した。だがその口調にいつものふざけた様子は感じられない。

「思い出って？　俺に何をして欲しいの？」と問い詰めながら、私の胸の鼓動はどんどん高まっていく。

「キスでもしよっか？　ほっぺでいいよ。アタシみたいなオカマでもいいならさ」

その答えを聞いて、私は限界まで倒していたシートを元に戻した。これはもう遊びじゃない。

「なんで俺とキスしたいの？　今までそんなこと言ってこなかったじゃん」

「勘違いすんなよ。〝LOVE〟か〝LIKE〟ならLIKEだからね」

「そっか。うん、俺もそうだよ」

「なんだよ、アタシ、乙女みたいじゃん」

「トリケラさんはいつだって乙女だよ」

「生意気なこと言ってさぁ……」

「でも、俺がノンケだってわかってるよね？」

「だからキスぐらいって思ったのさ。ほっぺにチューぐらいで手を打ってよ」

なんだか今日のトリケラさんはいつもよりずっとかわいらしい。その純《うぶ》な気持ちに応えてあげたいのだが、実は私にもトリケラさんにお願いしたいことがある。

「気持ちは嬉しいんだけど、俺はキスよりも……」

「キスよりも？」

「フェラチオがいいな」

「は？　なんだよ！　おまえ、知らないうちに目覚めちゃってたのかよ」

「違う違う。そうじゃない」

「ハイ、鈴木雅之《すずきまさゆき》キタ〜！　って私にしゃぶって欲しいの？」

「違う。してもらうんじゃなくて、俺がトリケラさんにフェラチオをしたいんだよ」

「……ダメだ。おまえが何言ってるのかわかんない」

混乱状態に陥ったトリケラさんは、路肩に車を停め、カーステレオをＯＦＦにした。

「さ、納得のいく説明をしてもらおうか。オカマを舐めてるような話だったらぶっ飛ばすかもよ」

ドスの利いた声で、トリケラさんは私を威嚇《いかく》する。マジになったときの顔だ。だが、もちろん私もふざけているわけじゃない。

「トリケラさんと同じで、俺も二人の思い出を残したかった。もし許されるなら、俺は自分の嫌な思い出をトリケラさんとの良い思い出に書き換えたいんだ」

「嫌な思い出って？」

「六本木のアレだよ」

「ああ……」

「あの思い出をアップデートしたい。無理やりしゃぶらされるんじゃなくて、自分がしゃぶりたい人のチンコをしゃぶりたい。」

「おまえ、ノンケだろ？　ちょっとおかしくない？」

「俺、トリケラさんのことが……きっと好きなんだ。でも付き合うとかは考えられない。俺は女好きだしさ」

「うん、そうだね。ドスケベだ」

「でも最近自分がわからなくてさ。トリケラさんといるとすげえ楽しくて。男とか女じゃなくて、なんだろ、人間としてあんたが一番好きなんだよ」

「……」

「俺は女がすげえ好きだけど、トリケラさんのことも気になってる。トリケラさんにもっと触れてみたい。体をさわりたい。それで何か変わるかもしれないし、変わらないかもしれないけど一線を超えてみたい。今のまんまだと中途半端過ぎて苦しいんだ」

　己の気持ちをこれほど自分勝手に、そして下品に伝えたのは生まれて初めてだ。

　トリケラさんは両手で頭を抱え、運転席に体育座りをして考え込んでいる。十五分ほど悩んでから大きくため息をひとつ。そして「プッ！　プッ！　プッ！」とクラクションを短く三回叩いたあと、観念したという表情でこう言った。

「いろいろ考えて……ふざけんなよとも思ったけど、アタシもそんなに嫌じゃないみたい」

「……ありがとう」

これを告白といっていいのかはわからないし、この関係性はおそらく普通じゃない。それでも私は今なんとなく幸せだ。

「いいわ。アタシの大事なチンコを貸してやるよ。大事にしゃぶれよ」

「大丈夫、俺、二回目だから」

「うわ、最悪、ムード台無し」

「ははは」

「ふふふ」

「んじゃ、とりあえず行きますか」と、トリケラさんはハイエースのエンジンをかけ直す。

さあ、間違った場所へと全速力で走り出そう。

十八　生きとし生ける物へ

通りかかったコンビニでウェットティッシュ、歯ブラシセット、タオル、飲み物、そしてコンドームを購入する。

さて、どこで事に及ぼうかと話し合った結果、埠頭《ふとう》や山間部など人通りの少ない場所に車を停め、後部座席でやってしまおうという結論になった。幸いにも、本日レンタルしたハイエースは荷台部分がかなり広く、ガラスにはスモークフィルムが貼られているので、覗き対策もバッチリだ。言うなればフェラチオにもっとも適した車なのだ。

「ほら、やっぱりハイエースにしといてよかっただろ?」とトリケラさんは得意気だ。

私としては、ラブホテル、ビジネスホテル、もしくは温泉に設置されている家族風呂のような個室を希望したのだが、「どうせなら外でやりましょ。そのほうが興奮するわよ。だって春は青姦《あおかん》の季節なんだから」というトリケラさんの性癖に従うことになった。

しかしフェラチオをするにはまだ日が高い。明るい時間から無茶をして、通行人にバレて通報でもされてしまったらおしまいだ。親父が当て逃げ犯で息子が公然わいせつ罪なんてシャレにもならない。

日が落ちるまでの間、鶴岡八幡宮《つるがおかはちまんぐう》にお参りに行ったり、鎌倉大仏を見に行ったり、しらす丼に舌鼓を打ったり、江ノ電から見える海の景色を楽しんだりと、私たちは心ゆくまで鎌倉観光を楽しんだ。トリケラさんと一緒なら、どこに居ても何をしていても楽しかったが、今日という日は最終的にフェラチオをして終わるんだなと思うと、なんだかバカらしくて余計に面白かった。

由比ヶ浜《ゆいがはま》海岸に沈んでいく真っ赤な夕陽を眺めながら、トリケラさんが至極まっとうなことを口にする。

「なぁ、今日って、もうフェラチオしなくても充分楽しかったよな」

「それを言ったら元も子もないけどね」

「本当にフェラチオしたぐらいで人生変わるのか？　フェラチオはただのフェラチオだよ」

「たかが絵や音楽で人生は変わるんだ。フェラチオでだって変わると俺は信じるよ」

「アタシたち、こんなに綺麗な夕日を眺めながらフェラチオの話ばっかり」

「笑えるね」

「おまえとこんなアホ話をできなくなるのが寂しいよ」

チュッ

こちらの不意を突いて、トリケラさんは私のほっぺにキスをした。そして次のキスは唇に。それはあまりにも自然なキスだった。私たちは仲良く手をつないで歩き、公園の駐車場に停めてある車に戻った。そして辺りが暗闇に包まれるまで仮眠をとることに。隣の席で眠るトリケラさんの肩にもたれかかり、私は深い眠りに落ちた。

目を覚ましたとき、時刻は夜八時半を回っていた。缶コーヒーを飲みながら、私が起きるのを待っていたトリケラさんが「バレにくい埠頭の辺りに行きましょ」と海岸通りに向けて車を走らせる。春だというのに浜辺で花火を楽しんでいる大学生グループがいる。一人で夜の海を見にきているお婆ちゃんがいる。人目をはばからずにイチャつくカップルがいる。地元の走り屋と思われる輩がやかましい排気音を立てながら、猛スピードで海岸沿いの道を走り抜けていく。みんながそれぞれの時間を生きている。

埠頭に到着すると、トリケラさんはハイエースの頭を海側に突っ込んで停車させた。辺りには人っ子一人おらず、他に車も見当たらない。「何も音がしないのは寂しいから」とトリケラさんはカーステレオのスイッチをＯＮにする。もう何度聴いたかわからない森山直太朗の歌声が車内に流れ出す。

トリケラさんは手慣れた感じでパンツを脱ぎ、下半身を露わにした。そしてウェットティッシュで念入りに陰部を拭き始める。

「これだけ拭けば汚くないと思うけど……どうする？　生でやる？　それともコンドーム使う？　あんたが決めなよ」

「生がいい。あとお願いがあるんだ。もし俺のフェラチオでイキそうになったら、そのまま口の中に出してよ」

「おいおい、無理すんなってば」

「六本木の黒人さんのは飲めなかったけど、トリケラさんのなら飲めそう。いや、飲んでみたいんだ」

「おまえ、本当にノンケか？　気合い入りすぎだろ」

そして私たちは自然とキスを交わした。さっきの軽いキスとは違う熱いディープキス。いや、「キス」というより「くちづけ」というのが相応しい濃厚な接吻《せっぷん》を何度も繰り返す。

空に輝くまん丸お月さまの明かりが車内をぼんやりと照らす。月の光で、トリケラさんのチンコが青白く光っている。ちょっと神秘的な雰囲気だ。月までもが私たちのフェラチオを祝福しているかのようだ。

ザザ～ン、ザザ～ン
浜辺に押し寄せる波の音までしっかりと聴こえてくる。自分でも驚くほど心が落ち着いている。トリケラさんの様子をチラリと見る。どうやら緊張しているのは向こうのようだった。

なんていじらしい人なんだ。トリケラさんの緊張を和らげるため、私はトリケラさんのチンコを両手で優しく包み込んであげる。

「……やめろよ、恥ずかしいだろ」

そう言いながらもトリケラさんの息遣いは激しくなっていく。

「次の波の音を合図に咥《くわ》えるからね」

「なんだよそれ、もう好きにしろ」

……

……

ザザ～ン！

その瞬間「あっ」とトリケラさんが声を上げた。

硬くて
柔らかくて
ゴツっとした部分があって
あたたかくて
ちょっとだけ臭くて
たまに苦くて

たまに甘くて
でも嫌じゃない
あの六本木の夜とは違う
とても幸せな気持ち
母の乳を吸う幼子のように、私はトリケラさんのペニスを夢中でしゃぶり続けた。トリケラさんはたまに身体をのけぞらせて感じているようだった。よかった。私はそこまで下手ではないみたいだ。上手いか下手かなら上手いほうがいい。何だってそうだ。
車内には、私が出すいやらしい音とトリケラさんのよがり声、そして森山直太朗の美しい歌声がハーモニーを奏でている。
「ダメだ」
「ん？　気持ち良くない？」
「違う」
「じゃあ、何」
「直太朗を聴きながらしゃぶられてると、フェラチオが聖なる儀式みたいで笑いそうになる！」と言った瞬間、堪え切れなくなったトリケラさんはブハッと噴き出した。
そのときカーステレオに流れていた曲は森山直太朗の『生きとし生ける物へ』だった。

生きとし生ける全ての物へ
注ぐ光と影
花は枯れ大地は罅《ひび》割れる
そこに雨は降るのだろう

確かに、こんな歌をBGMにしてフェラチオなんてするもんじゃない。歌詞のところどころに妙にシンクロする部分があったりして、私も大声で笑い出してしまう。二人してひとしきり笑ったあと、気持ちを落ち着けて聖なるフェラチオを再開する。

森山直太朗はさらに歌う。

僕は君が思うような人間じゃない
そうさそんな人間じゃない
もはや僕は人間じゃない

「ああ、イク！」とトリケラさんが切ない声を上げた。

咥えているチンコが一瞬膨張《ぼうちょう》したかと思った次の瞬間、口の中にトリケラさんの精が放たれた。

なんと表現したらいいのか。布団を干したあとのお日様の匂いに似た味が口の中に広がり、そのあとで少し甘い味もした。

私は両目をつぶり、ゴクリとそれを飲み込んだ。

その刹那、私はすべてのしがらみから解放されたような不思議な感覚を覚えた。

私は今、トリケラさんによって上書きされたのだ。


「どうよ、思い出はアップデートできたかよ」

ティッシュで後片付けをしながらトリケラさんが声をかけてくる。照れ臭いのか私の目は見てくれない。

「うん、バッチリ」

「そ、よかった。アタシもいい思い出になったわ。ありがとね」

そう言い終えるとトリケラさんは私の背中にしなだれかかってくる。素っ気なく「それはどうも」とだけ返事をする私。

五分ぐらいそうしていただろうか。

「ちょっと外の空気を吸ってきます」

トリケラさんを残し、私は車の外へ。少しだけ夜風で頭を冷やしたかった。冷たい潮風を体いっぱいに受け止め深呼吸。何気なく夜空を見上げてみると、そこには満天の星が瞬いていた。

そういや、愛する彼女と別れた日も空にはたくさんの星が輝いていたっけな。

あの夜と同じ美しい星空の下、私はオカマにフェラチオをした。

人生は本当に面白いもんだ。

車に戻ると「そろそろ帰ろっか？」とトリケラさんが促してくる。

「あの、トリケラさん」

「ん？」

「あの、自分でしゃぶってみたらですね」

「うん」

「自分もしゃぶられてみたいなぁと……思いまして……」

「……」

「……ひとつお願いしてもいいですか？」

「フフッ、いいよ。年季の違いを見せてやるよ」

私とトリケラさんのお別れの日は、最後まで最悪で最高の一日だった。

十九　もはや僕は人間じゃない

トリケラさんがオカマバーを辞めて一ヶ月が過ぎた。

「しばらく連絡を取るのはやめときましょ」というトリケラさんとの約束を守り、連絡はまったくしていない。チンコをしゃぶり合った仲だというのに寂しい話だ。しかし、急激に距離を近づけすぎた私たちには、これぐらいの冷却期間が必要なのかもしれない。

五月に東京流通センターで開催された同人誌即売会のために製作した『なし水』は、おかげさまでそこそこ評判の一冊となった。秋には新刊を出す準備も進めている。十年以上何も書けなかったのが嘘のように、私の体からは尽きることのない創作意欲が湧き続けている。心残りはこの本をトリケラさんにまだ渡せていないことだ。今度会う日はいつになるのかわからないが、そのときが来るのを信じて、私は文章を書き続けよう。

オカマがいなくなったあと、私を支えてくれる存在は住職しかいない。パチンコと競馬だけでなく、最近は競艇、競輪、果てはオンラインカジノまで手を伸ばし始めた住職。仏になることを諦め、ギャンブルの神になろうとでもいうのか。

梅雨の気配がうっすらと近づき、街がヌメッとした空気に包まれ始めた五月下旬。私は、トリケラさんとの顚末《てんまつ》を住職に包み隠さず話すことにした。

およそ一ヶ月に渡りあれやこれやと考えて、ようやく自分の中でケジメがついた。今日はそのすべてを聞いてもらうつもりだ。

本堂の脇のベンチに腰掛け、手土産に持ってきた熱々の焼き鳥を二人で仲良く頰張る。お茶を飲んで一息ついたあと、「住職、実は……」と私は話を切り出した。

手を叩いて興奮したり、感極まって涙ぐんだりしながら、住職は私とトリケラさんのどうしようもない恋物語を最後までしっかり聞いてくれた。

「鎌倉でそんなことがあったんですね……」

「すぐに報告できなくてごめんなさい」

「いえいえ、あなたから話してくれるまで、こちらから聞くつもりはなかったですよ」

「ありがとうございます。というわけで一線越えちゃいました」

「いいじゃないですか。お互いに納得の上なんでしょう？」

「はい、中途半端な僕を、トリケラさんは正面から受け止めてくれました」

「あの方は優しい人ですから」

「自分は誰を愛せばいいのか。男性？　女性？　それとも両方？　ずっと考えてたんです」

「結論は出ましたか」

　住職は穏やかな顔で私の答えを待っている。

「はい、その答えこそ〝中道〟です」

「なるほど、そうきましたか」

「極端な生き方に固執せず、何事も自分にちょうどいい按配でバランスよく生きることが大切だという考えが〝中道〟ですよね」

「その通りです」

「トリケラさんも言っていたけど、人のセクシュアリティって千差万別ですよね。誰一人同じ人はいない。そう考えると男、女、〝ＬＧＢＴ〟みたいに単語で区別するのがおかしいのかなって。みんな自分らしく生きたいだけなのに。だから僕は人間愛を貫きます。次に好きになった人間を愛します。それが男なのか女なのかそれとも違う何かなのか、それを楽しみにしています」

「人間愛！　これは大きく出ましたなぁ」

「すべての人間を愛の対象として、その上で自分にちょうどいい『中道な愛』を探します。そこにたどり着くことなんてできないかもしれませんけど」

「迷いのない目ですね。まるで悟りを開いたかのような澄み切った顔をしています」

　悟り？　自分ではよくわからない。

「あなたってお釈迦さまと似ている点が何個かあるんです」

「僕とお釈迦さまが？」

「お釈迦さまは悟りを開くために六年間修行をします。あなた、同棲した彼女とは？」

「六年ちょっとの付き合いです」

「興味深かったのは先程の話ですよ。トリケラさんとそういう関係になって、あの、その、口の中に出されたのですよね」

「あ、はい、出されました、というか飲みました」

「それをどう感じたと？」

「お粥《かゆ》みたいな食感と少し甘い味がしました」

「お釈迦さまは、修行に疲れて倒れていたところを、スジャータという娘に助けられます。そしてその娘から乳粥を食べさせてもらって悟りを開くんですよ」

「あ！　じゃあ僕も？」

「そう、もしかしたら」

「トリケラさんの精子を飲んで悟りを？」

「そうです！」

「いや、乳粥と精子は全然違うでしょ」

「さすがに無理がありましたかな」

「でも好きな人のチンコをしゃぶったとき、口の中に出されたとき、それを飲み込んだとき、一皮むけたというか、何か生まれ変わったような不思議な気持ちになりました」

「それ以来創作意欲も高まってきたんですよね」

「チンコしゃぶってる暇あるなら文章書かないとなって思いました」

「ははは、いい話ですね」

「僕、絶対に作家になります。子供を作れないオカマが、自分のチンコをしゃぶらせて、この世に生み出した作家、それが僕です」

「なんだか地球上の人類であなたが一番仏に近い存在のような気がしてきました」

私は釈迦を真似て、両目を閉じ、合掌ポーズを決めたあとで不敵に言い放つ。

「住職、僕はもはや、人間じゃないのかもしれません」

あとがき

「あなたの守護霊は足軽ですね。しかも百人ほどいらっしゃいます」

トリケラさんがオカマバーを辞めた後、よく当たると巷で噂の女性占い師に守護霊を見てもらった。もちろん暇つぶしだ。その結果、私のうしろには百人の足軽たちがついていることがわかった。そこまでいくともう軍隊だ。

「あの？　ウソですよね？」と占いにケチをつけると、「常に百人の人が自分を見守ってくれていると思ったら心強くないですか？　特にあなたみたいな寂しがり屋さんは」と、占い師は子供をあやす母親のような優しい笑顔を浮かべた。

寂しがり屋。図星だった。

それからというもの、寝るときも、食べるときも、部屋で一人泣くときも、自慰をするときも、私は、姿の見えぬ百人の足軽と一緒だった。トリケラさんがいなくなった寂しさをまさか幽霊が埋めてくれるとは。まったく人生とは何がきっかけでどうなるかわからない。インチキ占い師のひとことで、独身中年男性の寂しい生活にあたたかな光が差し込むこともあれば、フェラチオで人生が大きく変わることもある。

この本は、私の人生における「暗黒時代」の話である。「暗黒時代というからには、そこを抜け出すきっかけがあったはずです。それについて書くことが、読者に勇気を与えるのでは」という編集者の言葉を信じて書いてみた結果、オカマと仏教とフェラチオの話になった。

二〇一四年に制作した同人誌『なし水』がそこそこ話題となり、少しずつ書き仕事をもらえるようになった私は、この作品にも登場する六年間同棲した元カノとの思い出をまとめた私小説『死にたい夜にかぎって』でデビューを果たした。細く長くでもいい。自分が面白いと思う文章をこれからも書いていきたい。

性的指向に関しては正直まだボンヤリとしている。無類の女好きではあるのだが、トリケラさんのような素敵な人との出会いをどこかで待ちわびている自分も存在する。答えが出る日はまだまだ先になりそうだ。

もう再会することもないだろうと思っていたトリケラさんだが、母親の最期をしっかりと看取ったあと、トリケラさんは何食わぬ顔でオカマバーに復帰を果たした。晴れて天涯孤独の身になったことで「もう私がオカマであることで誰も傷つかないのよ！　ようやくひとりになれたわ！」と、以前にも増してやりたい放題の日々を過ごしている。きっと最新版の遺言書の内容はとんでもないことになっているはずだ。

昔ほどの頻度ではないが、私も月に一度ぐらいは顔を出している。心のどこかで〝鎌倉の続き〟を期待していたのだが、「夢を叶えちまった男ってもう魅力がないのよ」と冷たくあしらわれている。何だか元夫婦のような微妙な関係だ。

ひとつだけ確かなことは、トリケラさんをフェラチオしたあの夜に「作家としての私」は生まれたのだ。トリケラさん、あなたは私のお母さんです。どうか長生きしてください。

住職に関しては相変わらずだ。いつものお寺で、いつものパチンコ屋で、住職はいつものように生きている。最近はナンバーズ4を一緒に購入しており、私とどちらが先に当てるかで勝負をしている。いつまでも変わらずにいてくれる住職こそが、私にとっては仏様のような存在だ。ずっと元気でいてください。

一昨年の夏に仕事を引退した親父は、地元香川県で悠々自適な年金生活を送っている。今一番の悩みは、百歳の大台が見えてきた祖母が元気すぎて、自分のほうが先に死んでしまうんじゃないかと気が気じゃないらしい。実はあれからもたまに東京に遊びに来ているようなのだが、どこに行っているのかは教えてもらえない。一人でオカマバーに足を運んでいたら素敵だなと思う。

本作は、中央公論新社が運営するＷＥＢサイト『ＢＯＣ』にて連載された「男じゃない女じゃない仏じゃない」を改題し、その内容を大幅に加筆修正したものである。

長年同棲した彼女にひどいフラれ方をした二〇一一年夏から、文学フリマ東京にて初の同人誌を制作し、作家への第一歩を踏み出す二〇一四年春までの約三年間の記録だ。一つの物語として再構成するために、実際とは時系列が大きく変わっている部分もある。その点は何卒ご容赦いただきたい。

なお作中では〝ＬＧＢＴ〟に関して深く掘り下げているわけでもなし、住職が出てくるからといって仏教の深い知識が身に付くこともなし、そういう意味ではまったく役に立たない本になっている。その点を期待してお買い求めいただいた方には心からお詫び申し上げます。

また、この本に登場するトリケラさんと住職は実在する人物だが、当人たちに迷惑がかからないように、本人たちの特徴、オカマバーや寺の場所などの記載にはかなり手を加えていることもお許しください。

締切という言葉の意味を変えてしまうぐらいに締切を破り続け、多大な迷惑をかけてしまった担当編集の金森航平さん。あなたがこの本をどうしても出したいと言ってくれなかったら、私は途中であきらめてました。本当にありがとうございます。あなたが本気で怒ったときの顔と声、絶対忘れません。

ちょっとどうかしてるほど恰好良い装幀を担当してくださったｗｅｌｌｅ ｄｅｓｉｇｎ

の坂野公一《さかのこういち》さん、本当にありがとうございました。できれば、私が死んだ時の棺桶もこのテイストで坂野さんに作っていただきたいです。

そして本作のクライマックスでもあるトリケラさんと私のフェラチオシーンで、ご自身の曲を使われてしまった森山直太朗さんには畳に額をこすり付けて御礼申し上げます。この本のタイトルも含め、森山さんが許可をくださったおかげで、この物語は本当の意味で完成しました。これから先の人生で、私が『生きとし生ける物へ』という曲を忘れることはありません。本当にありがとうございました。

そして最後に、今日〝オカマ〟という単語を使うことに問題があるのは重々承知しておりますが、関係各所と協議した結果、あえてこの表記を貫くことにしました。この単語を使うことこそが、私が愛したトリケラさん、そして今も夜の世界に生きるオカマの皆様の素晴らしさを表現できると信じたからです。その点は何卒ご了承ください。もし何かありましたら、私か出版社までいつでもご連絡をいただければと思います。

上京してすぐ、暴漢にフェラチオを強要されたあの六本木の夜、私は何があろうと東京で生き抜いていく覚悟を決めた。

愛しいトリケラさんにフェラチオをしたあの鎌倉の夜、私は作家として身を立てていくことを改めて誓った。

そう、私は期待している。

これから続いていく人生のその先に、三回目のフェラチオが待っているんじゃないかと。

いや、きっと待っている。

二〇二一年一月　爪切男

本書は文芸Ｗｅｂサイト「ＢＯＣ」にて二〇一八年十月～二〇一九年九月に連載された「男じゃない 女じゃない 仏じゃない」を、単行本化にあたり改題、大幅に加筆・修正したものです。

爪切男

1979年生まれ。2014年『夫のちんぽが入らない』の著者こだま氏とユニットを組み、同人誌即売会・文学フリマに参加。2018年、webサイト「日刊SPA！」で驚異的なPVを誇った連載をまとめた私小説『死にたい夜にかぎって』でデビュー。自身の恋愛と苦い人生経験をポジティブに綴った同作はネットを中心に話題沸騰、20年に賀来賢人氏主演で連続ドラマ化された。本作『もはや僕は人間じゃない』はこの１年後を描いたエッセイである。

NexTone　PB000051077号

もはや僕《ぼく》は人間《にんげん》じゃない

2021年２月25日　初版発行

著　者　爪《つめ》　切《きり》　男《お》

発行者　松田陽三

発行所　中央公論新社

〒100-8152　東京都千代田区大手町1-7-1
電話　販売 03-5299-1730　編集 03-5299-1740
URL http://www.chuko.co.jp/

ＤＴＰ　ハンズ・ミケ
印　刷　大日本印刷
製　本　小泉製本

Published by CHUOKORON-SHINSHA, INC.
Printed in Japan　ISBN978-4-12-005397-9 C0095

終